ハジメテは間違いから

JN090107

1　どうか、私のハジメテをもらって下さい

——何、これ……

——お前の親父がサインした借用書だ。見覚えあるだろ、その字。

——そんな……

——返済期限まで、もう日がねえって分かるよな？　このままじゃ、華族だっていう水無家も形無しだよなあ。俺の親父がお前んちに貸した金、あの古びた屋敷を抵当に入れたところで、払いきれない額になってるんだぜ？

——お前が俺と結婚するなら、この借金、なかったことにしてやるよ。親父だって、息子の嫁の実家に金を返せとは言わねえだろうしな。

——どうせ返す当てもないんだろ？　なら、帳消しにしてやるから俺と結婚しろよ。落ちぶれたとはいえ、名家の水無から嫁をもらえば、俺の家を成金扱いする奴らに一泡吹かせてやれる。

——男に見向きもされない地味女を嫁にもらってやろうって言ってるんだ。むしろ感

謝してもらいたいぐらいだぜ、なあ琴葉（ことは）？

――私が……あなたと結婚したら……

――もちろん、あの家もそのままにしておいてやるよ。身体の弱ったじいさんや、心臓の悪い父親が今まで通り暮らしていけるようにな。

――私……

――もう少し愛想（あいそ）良くしてみろよ。まったく、色気のねえ女だよな。

――何するの!?　放して！

――どうせ結婚するんだからいいだろ？　味見させろよ、琴葉――

「いやっ……！」

そこで琴葉は、はっと目を開けた。視線の先には、小さな灯（あか）りがついた薄暗い天井が見える。厭（いや）らしく笑うあの男の顔は、どこにも無かった。

（さっきのは……夢？）

夢から覚めたのだと理解するまで、数秒かかった。

思い出さないようにしていた、三ヶ月前のこと。顎（あご）を掴（つか）む手の、嫌な感触が生々しく蘇（よみがえ）ってくる。おかげで息が上がり、心臓もどきどきしていた。

しばらくして、ようやく呼吸が落ち着いてくる。

（良かっ……!?）

安堵の溜息をつき、ふと左横を見た琴葉は——固まった。

「……ひ……っ……!?」

がばっと起き上がると、上掛けがするりと身体から落ちた。肌に直接、初春の空気が触れる。剝き出しになった白い胸の膨らみを、慌てて手で隠した。

（え、裸!? ……ええっ!?）

口をぱくぱくと開閉させながら、琴葉は自分の左隣でこちらに顔を向けて眠る男性をまじまじと見つめた。

「あ……あ……」

乱れた前髪。長いまつ毛。少し緩んだ薄い唇。鼻筋の通った端整な顔立ち。

無造作に投げ出された、程よく筋肉の付いた右腕。そこから少し盛り上がった肩の滑らかなライン。

ベッドサイドに置かれた銀縁眼鏡を見なくても、彼が誰なのかは明白だ。

（や、八重倉課長ーっ!?）

転がり出るようにベッドから下りた琴葉は、完全にパニック状態だった。

一体何がどうなってこうなったのか、まるで分からない。

（え、だって、どうして!? どうして八重倉課長と!? だって私は氷川課長を……）

そう、憧れていた隣の課の氷川を誘ったつもりだったのに。なぜお堅い直属の上司の八重倉陸と、裸でベッドに寝ているのか。

それって、つまり。

（かかか、課長と私っ……！）

「……ん」

かすかな声と同時に、八重倉の眉が少し動いた。裸のまま呆然と床に座り込んでいた琴葉は、あわあわと周囲に視線を動かす。

見たところ、ここはどこかのホテルの一室らしい。あるものといえば、ダブルベッドと小さな備え付けの冷蔵庫に黒い机。同じく黒い椅子の上に、自分の服が無造作に掛けられていた。

（と、とにかく逃げないとっ）

音を立てないように、急いで着替えた琴葉は、床に落ちていた自分のショルダーバッグを抱えて部屋を出る。

そうして一度も後ろを振り返らず、エレベーターホールに小走りで向かったのだった。

――翌日の朝。

（どうして、こんなことに……）

頭上には抜けるような青い空が広がっているにもかかわらず、水無琴葉の心はどんよりと曇(くも)っていた。おまけにコンタクトをしたまま寝たせいか目が痛くなったので、今日は眼鏡を掛けている。

真っ直ぐな髪を後ろで一つに括(くく)った地味な髪形はいつも通りだが、せめてもとお気に入りの麻のジャケットとペールグリーンのフレアスカートを着てはみた。しかし、やはり気分は上がらない。右肩に掛けたバッグもいつもより重い感じがする。

思わぬ事態による衝撃と二日酔いのせいで、まだがんがん鳴っている頭に手を当てて、会社への道をとぼとぼと歩きながら、琴葉は昨日の失態について思い返していた。

そもそもの始まりは三ヶ月前、母親の十七回忌(かいき)のため久しぶりに実家へ戻った時のことだった。

そこで身体の弱い父、創(はじめ)の顔色が悪く、どこかやつれて見えたことが気になった琴葉は、病院へ行くことを勧めたのだが、法要の後にも用事が控えていて暇がないらしい。

ちょうど切らしてしまった常用薬があればすぐ回復するというので、父の代わりに病院へ薬をもらいに行った彼女は、そこで帰りのタクシーを待っている間に、会いたくもない人物にばったりと遭遇したのだった。

『帰って来たのか、琴葉』

そう言ってにやにや下品に嗤うのは、幼馴染の湯下智倫。明るい茶に染めた髪に加え、ワインレッドの派手なスーツを着込み、太い金鎖のネックレスと高級腕時計を身に着けた彼は、どう見ても素行の悪そうな青年だった。

黒のワンピースを着た琴葉の身体を舐めるように見回す視線に、鳥肌が立つ。琴葉は右肩に掛けたバッグの紐を思わずぎゅっと握った。

『法事に参列しに来ただけよ。すぐに向こうへ戻るわ』

琴葉がそう言うと、智倫の瞳が底意地の悪そうな光を灯した。そしていきなり右手を伸ばし、琴葉の二の腕をむんずと掴む。

『ちょっと来いよ』

『何するのよ、放して！』

智倫は嫌がる彼女を引きずるように歩き、道路脇に停めてあった外国産の高級車に無理矢理押し込んだ。そのまま車を発進させ、人通りのない脇道まで走らせると、そこで、急停車させる。そうしてバッグを胸に抱き、ドアにぴたりと身を寄せて警戒する琴葉の眼前に、一枚の紙を突き付けたのだった。

『何、これ……』

――それは莫大な金額の書かれた借用書だった。文章を読み進めるにつれ、琴葉の顔から血の気が引いていく。

『お前の親父がサインした借用書だ。見覚えあるだろ、その字。お前の親父、心臓の手術をしたことがあったよなあ。その時に水無家の不動産事業も傾いて……そこを同業である俺の親父が助けたって訳だ』

『そんな……』

琴葉が高校を卒業する直前。祖父が脳梗塞で倒れ、次いで父も心臓の発作を起こして入院した。二人とも手術を受けて何とか一命をとりとめたが、元来身体が丈夫でなかった父は、手術後も半年ほどの入院を余儀なくされた。借用書の日付は確かにその頃のもので、記されたサインも癖のある父の字に間違いなかった。

――私は大丈夫だから、琴葉は何も心配せず、高校を卒業して短大へ進学することだけを考えなさい。

入学が決まっていた短大を諦めて働くと言った琴葉に、そう笑って返した父の顔が目に浮かぶ。

確かに智倫の家に融通を利かせてもらったという話は聞いていたが、あくまで会社関係で金銭の絡まない支援を受けただけだと思っていた。だが借用書には、水無家の会社名の記載はなく、父個人の名前が記されている。

（私の進学やおじい様の治療費も――やっぱり無理していたの？　お父さん……）

そこに書かれた金額は、とてもじゃないが琴葉一人でどうにか出来る額ではない。自慢げに借用書をちらつかせた智倫は、それをスーツの内ポケットにしまい込むとこう言った。

『返済期限まで、もう日がねえって分かるよな？　このままじゃ、華族だっていう水無家も形無しだよなあ。俺の親父がお前んちに貸した金、あの古びた屋敷を抵当に入れたところで、払いきれない額になってるんだぜ？』

『……っ』

実家の水無の屋敷は、華族だった祖先が建てたもので、広い日本庭園に加えて蔵まである、由緒正しい日本家屋だ。

ただし、のどかな田園風景が広がる山裾に位置するため、広いと言っても土地自体の値段はさほど高くなく、売ったところでそこまでの金額にはならないだろう。そして何より、先祖代々引き継がれてきたあの屋敷を祖父が手放すとも思えない。

（おばあ様が大切にしていた桜が咲くのを、毎年楽しみにしているのに）

祖母を亡くし元気をなくした祖父の生きがいは、もはや思い出の詰まったあの屋敷だけなのだから。

もし、それを奪われたら――

（おじい様は生きる気力をなくしてしまう……それにお父さんだって）

入り婿である父が水無家の事業を立て直そうと必死に頑張っていることは、琴葉だって十分すぎる程理解している。その事業が借金のせいでダメになったら、父は自分自身を責めるに違いない。そうしたら、また身体の具合も悪くなってしまうかも……

黙り込んでしまった琴葉に、智倫は楽しそうに言葉を続けた。

『なあ、お前次第でこの借金チャラにしてやる……って言ったらどうする？』

『えっ』

琴葉が息を呑むと、智倫は口端を上げてにまりと笑った。その目には、獲物を嬲り殺す獣のようなぎらぎらとした色が浮かんでいる。

『お前が俺と結婚するなら、この借金、なかったことにしてやるよ。親父だって、息子の嫁の実家に金を返せとは言わねえだろうしな』

『な……』

――智倫と、結婚？

全身におぞ気が走った。大きく目を見張り、顔を強張らせた琴葉に、智倫はだみ声で畳みかけてくる。

『そろそろ俺も、所帯を持って落ち着くようにと親父から言われてんだよ。なら、お前がちょうどいいって訳だ。元華族の水無家といえば、上流階級にも知られた名家だからな』

智倫は、彼の父親が一代で築き上げた不動産会社の跡取り息子だが、金と権力に物を言わせて我儘放題のどうしようもない男だ。

　二歳年上の彼とは小学校からの知り合いだが、『地味女』だの『野暮ったい』だの『陰気臭い』だの、散々虐められてきた記憶しかない。周囲の子ども達も、智倫の顔色を窺って琴葉を遠巻きに見ている状態だった。

　琴葉はなるべく彼に近付かないようにしていたが、何故か向こうからやって来ては、こちらを傷付ける言葉を投げていく。そして智倫の瞳に浮かぶ薄気味悪い執着心も、年々大きくなっていくようだった。

　琴葉が地元を離れて就職したのには、そういう理由もあった。物理的に距離を置けば、そうそう会うこともなく、智倫も興味を失うだろうと思ったのだ。なるべく里帰りしないようにしていたのも、このせいだ。

『水無家の名前が欲しいって言うの？　そのために、気に入らない女とでも結婚するって？』

『気に入らないなんて言ってねえだろ？　琴葉』

　ねっとりとした声音に、ぞくりと背筋が寒くなった。たくさんの女を知っている智倫の目は今、琴葉を獲物として捉えている。

『どうせ返す当てもないんだろ？　なら、帳消しにしてやるから俺と結婚しろよ。落ちぶれたとはいえ、名家の水無から嫁をもらえば、俺の家を成金扱いする奴らに一泡吹かせてやれる』

智倫や彼の父親の評判は、地元ではあまり芳しくない。智倫自身の素行の悪さに加え、片田舎のこの地方では、未だに家柄を重んじる風習があるからだ。今にして思えば、彼が琴葉を虐めていたのも、名家の出自が気に入らないからだったのかもしれない。それを、今回の件を利用して、手に入れようとしているのだろうか。

『男に見向きもされない地味女を嫁にもらってやろうって言ってるんだ。むしろ感謝してもらいたいぐらいだぜ、なあ琴葉？』

琴葉はぐっと唇を噛んだ後、口を開いた。

『私が……あなたと結婚したら……』

『もちろん、あの家もそのままにしておいてやるよ。身体の弱ったじいさんや、心臓の悪い父親が今まで通り暮らしていけるようにな』

（お父さん……おじい様……）

借金のことを何も言わなかった父。

きっと琴葉に心配を掛けまいとしたのだろう。父はいつだって、琴葉のために無理をしてしまう。また心臓が悪くなったら……それに祖父も、祖母との思い出をあんなに大切にしているにもかかわらず、父と琴葉のためを思って屋敷を売ろうと考えるかもしれない。

（私さえ我慢すれば）

お父さんもおじい様も、このままあの家で平穏に暮らしていける――？

だが、智倫と結婚すると考えただけで吐きそうになった。体温が下がり、握りしめた手のひらに冷や汗がじわりと滲む。

どうする？　と見下すように嗤う智倫を前に、琴葉はごくんと生唾を呑んだ。

『――私……』

――本当に、父と祖父の生活を保障してくれるの？

そう聞くと、智倫は『それはお前次第だな』とまた嗤った。にやにやする彼の視線を浴びながら、しばらく考えた後、琴葉は心を決めた。

彼女が黙ったまま首を縦に振るのを見た智倫は、じゃらりとアクセサリーを鳴らして琴葉に右手を伸ばしてくる。

『もう少し愛想良くしてみろよ。まったく、色気のねえ女だよな』

『何するの!?　放して！』

顎を掴まれた琴葉が叫ぶと、智倫は顔を寄せてきた。

『どうせ結婚するんだからいいだろ？　味見させろよ、琴葉――』

必死に抵抗して、車から転がり出た琴葉を、智倫はそれ以上追っては来なかった。車上から琴葉を見る彼の顔には嗜虐的な悦びが浮かんでいる。

『半年以内には覚悟決めとけよ。じゃあな』

彼の車が走り去った後も、琴葉は震えながらその場で立ちつくすしかなかった——

それから色々と考えてはみたものの、やはり智倫と結婚しなければならないという結論しか出なかった。

借金は琴葉の退職金をつぎ込んだところで何とかなる額ではない。そんな大金を出してくれそうな親戚もいない。むしろどちらかといえば、本家である水無の家に頼ってくる者ばかりだ。

破産申請をして水無の会社を手放したとしても、琴葉の収入では身体の弱い父と祖父を抱えて生活出来る見込みはない。何より、これ以上二人の体調を悪化させるようなことはしたくなかった。

ただ……

(あの男にこのままハジメテを捧(ささ)げるのだけは、絶対に……！)

嫌だ。

智倫の厭(いや)らしい視線を思い出した琴葉は、自分を抱き締めるようにして二の腕をさすった。

地元にいた間は、智倫が琴葉を虐(いじ)めるせいで男性が寄り付かず、恋人など出来ようもなかった。家を離れて就職してからも、仕事と新生活に慣れるのに必死で、これまた余裕がなかった。

だが、智倫と結婚せざるを得ないとしても、せめてハジメテくらいは自分の選んだ人と、と思うのは贅沢だろうか。

（少しだけでも、好きだって思える人と、一度限りでいいから結ばれたい……）

そうすれば、その後の結婚生活も何とか乗り切れるかもしれない。自分のハジメテは、自分が選んだ人に捧げた、という思い出さえあれば。

だけど誰を選んだとしても、半年後に必ず別れることになる。そんな身勝手が許されるのだろうか。

（それに結ばれたいっていっても、そもそもどうしたらいいのか……）

男性経験が皆無な琴葉には、いい考えがまるで思い浮かばなかった。故郷にはもちろん、会社にもそこまでプライベートなことを相談出来る親しい相手はいない。八方塞がりの状況に頭を抱えてしまう。

そんなふうに三ヶ月ほど悶々と悩んでいた琴葉の視界に入ってきたのが――隣の課の氷川凛久課長の姿だった。彼を目にした途端、琴葉の心にぱっと光が差す。

（そうだ、氷川課長なら）

目鼻立ちが整った甘いマスク。いつもほのかに香る爽やかなコロン。

琴葉の直属の上司である八重倉も長身だが、氷川も同じくらい身長が高い。さらには、普段着ているスーツも仕立ての良いブランド物が多く、日本有数の財閥である氷川財閥の御曹司ではないかとも噂されていた。

そんな彼に近付く女性は当然後を絶たず、氷川の女性関係はなかなかに派手だ。が、彼の仕事が忙しいため、数ヶ月ぐらいで別れることが多いと聞いていた。

『それでも悪評は聞かないのよ。元カノ達も、彼ならしょうがないって感じだし。人徳かしら』とは、社内の情報通、音山敬子の言葉だ。

来る者拒まず、去る者追わずが、氷川の信条らしい。

さらに、彼は別れた女性の話はほとんど口にしないらしく、この辺りは全て女性側からの情報とのこと。つまり、抱いてもらっても、琴葉が黙ってさえいれば大事にならない可能性が高い。

――それなら。

それなら……私みたいな地味女が迫っても、抱いてくれて。

私がいなくなっても、彼を傷付けることもなく。

迷惑をかけずに、後腐れなく立ち去れる――？

おまけにタイミングのいいことに、大口の案件を取れたとかで、氷川の営業二課とここ営業一課の合同飲み会が来週開催されることになっている。

そこで何とか二人きりになって、氷川課長に頼み込んでみよう。あの時、親切にしてくれた優しい彼なら、一夜限りの関係を持ってくれるかも——


「……っ!?」

ぼうっと考え込んでいた琴葉は、こちらを見ている八重倉とふと目が合った。銀縁眼鏡の奥の瞳がじっと琴葉を見つめている。咄嗟に小さく会釈して視線を逸らしたが、心臓がどきどきと速く脈打っていた。

(や、八重倉課長の視線って心臓に悪い……)

こちらの想いを見透かすかのような視線に気まずさを覚え、椅子の上でもぞもぞと腰を動かし、座る位置を変える。その時、八重倉の視線を追うように氷川がくるりと振り向き、琴葉に声をかけてきた。

「あ、水無さん。この前うちの課の近藤が世話になったって聞いたよ、ありがとう」

にこやかなその態度に、琴葉は一瞬頭の中が真っ白になったが、「いえ、二課の皆さんにはいつもお世話になっていますから」と何とか返事をすることが出来た。

「ここ数年のデータを集計してくれたんだって？　水無さんの資料、分かりやすいって顧客にも評判でね。近藤も案件をゲット出来たと喜んでたよ。そのうち本人が礼に来ると思うけれど」

二課の営業補佐が急病で休んだ時、琴葉がピンチヒッターとして近藤の資料作成を手伝った件を言っているのだろう。データの収集や分析は、琴葉の得意分野だった。

「ありがとうございます。そう言って頂けると嬉しいです」

やや口元を強張らせつつも、琴葉は笑みを浮かべて言った。

それも営業補佐の仕事のうちだから、当たり前のことをしただけだが、こうしてさり気なく褒められると、やはり嬉しい。

「鬼課長の特訓にもめげずについていった成果だろうね。なあ、八重倉？」

そう話を振られた八重倉の表情は変わらない。無表情のままこちらを見つめる彼の視線に、琴葉は椅子の後ろにでも隠れたくなった。

「無駄口叩いてないで、さっさと戻れ」

八重倉が抑揚のない声で言うと、氷川は「分かった分かった。お邪魔したね」と軽く手を振り、八重倉の机から離れて行った。

琴葉も氷川に会釈をすると先程思い付いたことを頭の片隅に追いやり、かたかたとキーボードを叩く作業に集中し始める。

——そうして飲み会の夜。氷川と八重倉はいつものように女性社員に取り囲まれていた。琴葉はビール瓶を持ち、あちこちにお酌をして回りながら、氷川の様子を窺う。

そして、二人の真正面が空いたと同時にそこに滑り込み、彼のグラスにビールを注いだのだった。

「次は柚子チューハイをお願いします」

「へえ、水無さんって結構イケる口なんだね？」

そう微笑む氷川に、琴葉はぎこちなく笑い返す。自分の前に並ぶ空になったグラスの量は、いつも少ししか飲まない琴葉にしてはあり得ない数だった。だけど、こうでもしないと間が持たなくて、逃げ出しそうになってしまう。すぐ来たグラスを受け取った琴葉は、チューハイに口を付けながら、氷川を観察した。

薄いブルーのワイシャツに、紺のストライプのネクタイを締めた氷川は、『社内の王子様』と言われるだけあり、居酒屋の座敷に座っている姿ですら人目を惹いている。

氷川の前に座る琴葉に女性社員からの視線が突き刺さってきたが、今日だけは負けられないと席を譲らず飲み続けていた。

今の琴葉は、いつも一つに括っている髪を肩まで下ろし、ふわりと内巻きにカールさせている。メイクもいつもより明るめのリップグロスをつけ、服装も、淡いピンクのフレアスカートに七分袖の白のブラウスという、これまたいつもよりも明るい色を選んでいた。それもこれも、氷川の目を惹くためだ。

「飲み過ぎじゃないのか、水無」

氷川の左隣に座る八重倉が、眉を顰めて言う。銀縁眼鏡の奥の瞳も、琴葉を咎めているように見えた。

氷川と同じ色合いのブルーのワイシャツを着ているにもかかわらず、八重倉は不思議とくだけた感じにならない。いつも通り、真面目でお堅いイメージのままだった。

「まだ大丈夫です、八重倉課長。それに、たまにはいいかなって思って」

実際、緊張しすぎて酒の味も分からない琴葉は、少しだけ笑って見せた。八重倉の口元が不機嫌そうにぐっと締まる。それを見た琴葉の胸が何故かつきんと痛んだ。

「まあまあ、八重倉。今日は一課二課の合同飲み会なんだし、あまり堅いこと言わなくてもいいじゃないか。水無さんだって飲みたい時もあるだろ？」

氷川が肩をぽんと叩いてそう言っても、八重倉の渋い表情は変わらなかった。

同期だというこの二人は、普段からとても仲がいい。常ににこやかで、周囲にぱっと華やかな印象を与える氷川に、いつも冷静で仏頂面ながら、美形の八重倉。

二人揃うと目の保養になるわねー、と課の女性社員も噂していた。

「あまり羽目を外すな。分かったな」

再び八重倉に見つめられ、琴葉は蛇に睨まれたカエルの気分で頷いた。

「……はい」

お前はこんな席でも厳しいよなあ、という氷川の声を聞きながら、琴葉は水を一口飲んだ。アルコールで火照（ほて）った身体に、冷たい水はとても美味しい。氷川をむすっと見返す八重倉を盗み見て、琴葉は溜息を漏（も）らした。

――厳しいけれど、本当は優しい人、なのよね……

琴葉が所属する営業一課の敏腕（びんわん）課長。

銀縁（ぎんぶち）眼鏡にさらりとした黒髪の八重倉は、隣の第二課の氷川課長と並び、数年前に二十九歳の若さで課長に就任したやり手営業マンだ。いつも無表情な彼だが、的確な助言やきめ細かいサポートで顧客からは圧倒的な信頼を得ている。

仕事には厳しいが、一人一人の適性を見て業務を振り、分からない所はきちんとサポートしてくれる課長として、部下からも慕（した）われていた。

（私がミスした時も、丁寧に指導してもらったわよね）

入社から半年が経（た）った頃、経理部に誤（あやま）った伝票処理を依頼してしまった琴葉は、びくびくしながら八重倉の指導を受けていた。だが彼は、一切声を荒らげることなく、琴葉が間違えた箇所を重点的に教え、『今後気を付けろ。同じミスはするな』と一言注意しただけだった。

危うく顧客に金額の異なる請求書を送付してしまう直前だったため、てっきり酷（ひど）く怒られると思っていた琴葉は、彼の机の前で立ちすくんでしまった。そんな琴葉をじろりと見た八重倉は、『さっさと席に戻れ』と言い、すぐに書類に視線を移す。

慌てて席に戻った琴葉は、隣に座る先輩から『あれが課長のスタイルだから』との説明を受けた。どうやら琴葉が萎縮しているのを見て取って、それ以上追い打ちをかけずにいてくれたらしい。『課長が皆の前で誰かを叱責するなんて滅多にない。水無さんが反省してることも、十分分かっているはずだから』と聞かされ、ようやくほっと息をつくことが出来たのだった。

それから琴葉は、八重倉を観察するようになった。

いつも厳しい顔をしている彼だが、部下が売り上げを報告する時は、よくやったと言って小さく笑う。伸び悩む部下には、的確なアドバイスを欠かさない。琴葉の件もそうだが、『部下のミスは全て自分のミスだ』と上に報告していると聞く。

そんな八重倉を琴葉が尊敬するようになるまでに時間はかからなかった。端整な横顔や広い背中を、目で追う毎日。

――少しでも課長の役に立てるようになりたい。課長みたいに信頼してもらえる人になりたい。

そう思って仕事に打ち込み――入社して三年経った今では、少しは自分で仕事も回せるようになった。

彼にも信頼してもらえるようになったと思っているけれど……

（今からしようとしてること……知られたら、きっと軽蔑される……）

氷川と違い、八重倉には浮いた話は一つもない。もちろんモテない訳ではなく、彼のファンは社内にもたくさんいるのだが、彼自身が女性に対してガードが固すぎるのが原因だ。

現に、琴葉が配属される前にいたという営業補佐の女性は、八重倉に付き纏ったせいで、いつの間にやら配置転換されていたらしい。

告白した彼女を『そんな気はない』とばっさり切り捨てたという噂が広まったためか、今社内で八重倉に迫ろうとする女性社員はいない。

そんなお堅い彼に、氷川を誘惑しようとしていることを知られたら……

琴葉はぶるりと頭を振って、冷たいグラスに手を伸ばした。爽やかな柚子の香りを味わう間もなく、ごくごくと飲み干す。それから、こちらを見ている八重倉の視線を避けて氷川の方に顔を向けた。

「氷川課長も、アルコールお強そうですよね」

「そうだなあ、まあそこそこは」

こいつ程じゃないけど、と八重倉を親指で指した氷川は、次々とお酌に現れる女性社員を断ることなく、全員に対しにこやかに応対していた。

八重倉もそこそこ相手をしているが、氷川と違ってその顔には笑み一つない。本当に対照的な二人だ。

（様子を見て……二人きりになるようにして……）

琴葉はぐっと空のグラスを握り締めた。この機会を逃したら、もうチャンスはないかもしれない。

（そう、頑張らないと……！）

手を上げて再びチューハイを注文し、何とか緊張を紛らわそうとしたが、いくら飲んでも、今日は酔えない。だが、愛想笑いを浮かべる頬をやや引き攣らせつつも、琴葉は飲むペースを落とさなかった。

「お前……」

八重倉がますます不機嫌そうな表情になったが、氷川に集中していた琴葉は彼の態度を訝しく思う余裕すらなかった。

——どくん、どくん。

心臓の音が痛いくらいに大きく聞こえる。琴葉はごくんと生唾を呑み込んだ。

（今しか……今しかチャンスはない……っ）

一歩踏み出すと、足元がふわっと浮く感覚がした。ぐらりと揺れた身体を長い廊下の壁に押し付け、息を整える。

さっきまでちっとも酔えなかったのに、今はアルコールが回り、頬は熱いし息も荒くなっていた。今日の服装はなるべく薄着にしたはずだが、暑くて仕方がない。

（ごめんなさい、ごめんなさい、氷川課長……！）

談笑する声や食器がぶつかる音も、どこか遠くに聞こえる。琴葉は廊下の奥までよたよたと歩き、突き当たりにある男子トイレと女子トイレの入り口の間の壁にもたれた。

氷川が席を外すのを見て、こっそり自分も席を立ったのだ。八重倉もその少し前に離席していたので、ちょうど良いタイミングだった。

間を空けて後をつけ、氷川が男子トイレに入るところまでは確認した。もうすぐ出てくるはず――

（お酒の力を借りてだなんて、悪いことだと分かってるけど、でも）

こうでもしないと、勇気が出なかった。個人的に話をしたこともない氷川に――処女をもらって下さい、と頼むなんて。

（でも、私……！）

自分を見る、智倫の執拗な視線と厭らしく歪む口元。脳裏に浮かんだそれを振り払うように、琴葉はぶるぶると首を振る。

（絶対、絶対、あの男にだけは、ハジメテを捧げたくない……！）

と、右側から、かたんとドアの開く音がした。はっと目を上げると、琴葉の横を広い背中が通り過ぎていく。

ブルーのワイシャツにグレーのズボン。見上げるほど背の高い身体からふわりと香るコロン。

氷川だ。

「あのっ……！」

よろめきながら声を上げた琴葉の身体は、振り向いた彼に正面からぶつかった。

顔を見る勇気が出ず、琴葉は広い胸板に顔を埋め、ぎゅっと彼に抱き付く。温かい。

その温かさに勇気をもらった琴葉は、そのまま思い切って言った。

「お願いです！　わ、わ……私を抱いて下さいっ！」

背中に回した手に力を籠めると、ぴくっと彼の身体が震えた。

「お願い、ひか……」

（あ……れ？）

急に動いたせいか、酔いが一気に回ったらしい。ぐらりと視界が揺れる。

大きな手が、自分の背中を支えたと感じたのを最後に、琴葉の意識はぷつりと途絶えてしまったのだった。

＊＊＊

男子トイレの前で氷川を待ち伏せし、彼が出てきたところで抱き付いて、それで――？

（覚えてない……）

そこから今朝、ホテルのベッドで目を覚ますまでの間の記憶は、何も残っていない。自身のあまりの醜態に、会社へ向かう足を止めた琴葉は頭を抱えた。

考えられる事態は、ただ一つ。恥ずかしくて相手の顔をきちんと確認しなかった琴葉が、氷川と八重倉を間違えて抱き付いたということだ。

あの時は、ブルーのワイシャツとコロンの香りで氷川だと決めつけてしまったけれど、どうやら違ったらしい。

「……どうしよう……」

女性慣れしていると有名な氷川課長なら、琴葉がいきなり告白しても軽く受け取ってくれると思っていたのに。

それを真面目で浮いた話一つない八重倉課長にしてしまったなんて。

酔っぱらった部下に抱き付かれ、『抱いてくれ』と言われて、彼はどう思ったのだろう。絶対、だらしない女だと思われたに違いない。その上で身体を重ねてくれたんだとしたら――？

（課長には……軽蔑されたくなかったのに……）

もう、すぐにでも辞表を出して、一目散に逃げだしたい。だけど、今日中に八重倉の承認を得なければならない書類があったことに気が付いてしまった。出社しないと、彼だけでなく、色んな人に迷惑を掛けてしまう。

そんな訳で、琴葉はこのまま消えてしまいたい気持ちを抑えながら、会社に近付くにつれ一層重くなる足を引きずるように歩いていた。

ふと立ち止まり空を仰ぐと、眼鏡越しに見る太陽が腫れた目に沁みる。はあ、と溜息をつき、再び歩き始めた時だった。

「おはよう、水無さん」

ぽん、と後ろから肩を叩かれた琴葉は、びくっと背を震わせて振り向いた。

そこには、柔らかな笑みを浮かべた氷川が立っている。グレーのストライプのスーツを着こなした彼は、雑誌に出てくる俳優のようにスマートだった。

「お、おはようございます、氷川課長」

おずおずと挨拶を返すと、氷川はふふふと含み笑いをし、琴葉の隣を歩き始めた。

「体調は大丈夫？　昨日の最後は、かなり酔ってたみたいだから」

「う、あ、は、はい……大丈夫です……」

頭は痛むが、その他は何ともない。あんなことをした割には、身体の具合は悪くないようだ。

言葉に詰まりながら答えると、氷川はそのまま話を続けた。

「まあ八重倉が付いてたから、あまり心配はしてなかったけど」

「えっ!?」

ひくりと口元を強張らせた琴葉に、氷川が悪戯っ子のような顔で言う。

「トイレから出たら、あいつが足元ふらついてる水無さんを支えてて。そのまま送って行くって言うから、俺が部屋から上着やバッグを持って行ったんだ」

(あの場に、氷川課長もいたんだ)

全然気付かなかった。

「ご……ご迷惑を、お掛けしました……」

次第に小さくなっていく琴葉の声に、氷川は「気にしないで」と右手をひらひらと振った。

「心配しなくても皆出来上がってたから、二人が抜けたことも気付かれていないよ。八重倉も目立たないように行動していたし」

「そ、そう、ですか」

「それにしても……」

そこで何かを思い出したのか、氷川がくっくっと笑い声を漏らした。

「水無さんを腕に抱いてたあいつの顔が見物でね。俺が『酒の匂い消しに俺のコロンを振りかけたおかげじゃないのか』って、冗談言ったら睨まれた」

「……」

それが原因であなたと彼を間違えました、なんて言えるはずがない。困った琴葉が氷川を見上げると、彼はふむと考え込む様子を見せた。

「水無さんなら安心かな。真面目だし、浮ついた所もないから」

「は、あ？」

ぽかんと口を開ける琴葉に、氷川は優しく微笑む。

「あいつ、女性にいい思い出がなくてね。自分から擦り寄ってくるようなタイプは苦手なんだよ。でも水無さんのことは、前々から慎み深いって褒めていたし」

胸の奥が鈍く痛んだ。昨日の琴葉は、まさに『擦り寄った』のだ。

「じゃあ、あいつのこと頼んだよ」と氷川は、手を振って先に行く。遠ざかる背の高い後ろ姿を見て、琴葉は重い溜息をついた。


株式会社櫻野産業の朝は早い。特に営業部の人間は、早朝にミーティングをすることもあり、他の部署よりも早出する社員が多かった。それを見越して、琴葉もさらに早めに出社したはず――だったのだが。

（うっ……もういる……）

びくびくしながら一課に入ると、部屋の一番奥、窓際の席に、八重倉がすでに座っていた。

窓を背に、パソコンのモニタ画面と手元の書類を交互に見ている。いつもと変わらず、隙の無い姿。

今日は白のワイシャツに濃緑（こみどり）のネクタイをしている。濃いグレーのスーツが良く似合っていた。ふと今朝の乱れた前髪を思い出した琴葉は、忘れようと頭を横に振った。

「おはよう……ございます……」

小声で挨拶をした琴葉に、八重倉は視線を向けた。眼鏡の奥の瞳に射抜（いぬ）かれた琴葉は、思わず目を伏せてしまう。

「おはよう」

（……え？）

琴葉が顔を上げた時には、八重倉はこちらに視線を向けていなかった。何食わぬ顔で、パソコンと書類を見比べている。

ジャケットを入り口近くのロッカーに掛けた琴葉は、そそくさと自席につき、ショルダーバッグを机の引き出しに入れると、パソコンの電源を入れた。モニタに隠れて彼の方をちらりと見たが、八重倉はもう仕事に没頭しているようだ。

どきどきと心臓がうるさい。でも、彼はいつもと同じ冷静な態度だ。

（もしかして……課長も覚えてない、とか……？　私は課長が起きる前に帰ってしまったし、彼だって代わる代わるお酌をされて、結構飲んでいた……はず。もしかして、このまま何事もなかった感じ、で終わる……？）

ほんの少しだけ、琴葉に希望が見えた。

「おはよう、水無さん」

そんな琴葉の思考は、明るい声に遮られた。琴葉は左隣に座った音山に会釈する。

「お、おはようございます、音山さん」

かちっとした黒のパンツスーツを着た音山は、一課でも成績優秀なベテランの営業だ。頼りがいのある姉御肌な性格と、女性ならではのきめ細かい心遣いが顧客にも好評で、社内でもあちらこちらにファンがいると聞いている。

琴葉の顔を見た途端、あら、と音山が瞳を光らせた。並み外れた嗅覚を持つ彼女は、社内のあれやこれやの噂話を仕入れるのが上手い。

何か勘付かれたのだろうか。キーボードに置いた琴葉の指先に力が入る。

「今日は眼鏡なのね。その丸眼鏡、懐かしいわー。ここに配属された頃に戻ったみたいね」

ほっと溜息をつきつつ、琴葉は音山に答えた。

「え、ええ。コンタクトだと目の調子が悪くて」

「そう言えば、ちょっと疲れてる感じね。今日は早く帰ったら？」

（ええ、精神的にごりごりと疲れています……）

「はい、そうします。そうそう、音山さんの伝票でお聞きしたいことが」

あまり昨日のことに突っ込まれたくなかった琴葉は、さり気なく話題を変えた。伝票と聞いた音山は、すぐに意識を仕事モードに切り替えたらしい。

「あら、なあに？」

「あの、これなんですが……」

次々と出社してくる社員に挨拶をしつつ、琴葉は音山に説明を続ける。

そんな彼女に鋭い視線が飛んでいたことに、琴葉は全く気付いていなかった。

＊＊＊

「ふう……これで全部終わり」

業務終了時刻を知らせるチャイムは先程鳴ったばかり。切りのいいところまで書類作業を終わらせた琴葉は、片手でとんとんと肩を叩いた。眼鏡を外し、眉間を指で揉む。

パソコン画面に集中していたせいか、だいぶ目が疲れていた。

（なんてこと、なかった……）

午前中、びくびくしながら八重倉に書類を持って行った琴葉だったが、彼の態度はいつもと同じだったと思う。琴葉から受け取った書類を確認した後、「これで経理に回してくれ」と、これまた普通に指示を出してきた。

「はい」

机の前に立つ琴葉から視線を外し、八重倉は再び自分の仕事に集中し始めた。ぺこりとお辞儀をした琴葉も、そのまま席に戻る。

それからも、彼に話し掛ける機会は数回あったが、やはりいつもの態度を崩さなかった。

(やっぱり、覚えていなかったんだ……)

ほっとするのと同時に、どこか寂しい気もするのは何故だろう。琴葉は眼鏡を掛け直し、パソコンの電源を切って机の上を片付け始めた。

「えっ……と、後は」

部屋をぐるりと見回すと、琴葉以外もう誰もいなかった。

ホワイトボードに書かれた予定表を見ると、一課のメンバーは琴葉と八重倉以外、全員外回り後に直帰となっている。

「課長は席を外されてるのかな」

八重倉の机の上は綺麗に片付けられていた。彼も、もう直に退社するのだろう。

今のうちに帰ろうと決めた琴葉は椅子から立ち上がり、ショルダーバッグを持ってロッカーに近付いた。扉を開け、ジャケットを取り出して羽織(はお)るのと同時に、ドアが開く音がする。

そちらを見れば、八重倉がちょうど入って来るところだった。

琴葉に気が付いた彼は、ドアを閉めて立ち止まる。ショルダーバッグの紐を肩に掛け直した琴葉は、彼に向かって軽く頭を下げた。

「八重倉課長、お疲れ様です。お先に失礼します……っ!?」

バン！　とロッカーの扉が閉まる音が響いた。驚く琴葉の上に影が落ちる。

右手でロッカーの扉を押さえた彼は今、琴葉の真正面に立っていた。背を屈(かが)めて、顔を近付けてくる八重倉を、琴葉は呆然(ぼうぜん)と見上げる。

彼の薄い唇がつと動いた。

「今から付き合え、水無」

「え……？」

いつもより低い声に身体が震えた。眼鏡の奥の瞳が逆光で見えない。

顔はいつも通りの無表情だが、ここにいる八重倉は――いつもの八重倉ではなかった。

「急に消えた理由(わけ)を話してもらおうか？　……ホテルのベッドから」

琴葉はひゅっと息を呑んだ。膝がかくんと曲がる。

立っていられなくなって、ロッカーにもたれかかった琴葉は、にやりと暗い笑みを浮かべた八重倉を前に、押し黙るしかなかった。

2　責任、取れよな

(覚えて、いたなんて……)

どうしよう。そればかりが、ぐるぐると頭の中を回っている。

呆然とする琴葉の左腕をむんずと掴み、八重倉はさっさと一課を後にした。

営業部の堅物敏腕課長が、部下を引きずるようにして退社するその様子に、エレベーターの中でも、一階ロビーフロアでも、あちらこちらから『何、あれ!?』と言わんばかりの視線が琴葉に突き刺さってきた。

(目立ってる、けど)

誰も話し掛けてはこない。それは、無表情のまま大股で歩く八重倉に何かを感じたからだろう。琴葉自身も彼の背中から漂う気配の重さに、言葉一つ発することが出来なかった。

「あ、の」

それでも思い切って声を掛けてみたものの、ちらりと振り返った八重倉の瞳の冷たさに、琴葉は凍りついた。

「話は後だ」

「はい……」

街灯が灯り始めた歩道を急かされるように歩く。会社帰りの人波を縫って、すいすいと進んでいく八重倉は、宣言通りそれ以上口を開かなかった。

琴葉の心臓も歩調と同じように速くなっていく。大きな右手に掴まれた腕の感覚以外、何も感じなくなっていた。

駅の近くまできた八重倉は、つと左に方向を変える。しばらく歩くと、植木に囲まれたロータリーが視界に入った。黒塗りのタクシーが並んで停められた向こうに、一階部分が一面ガラス張りになっている建物が見える。建物の中から漏れる金色の光が、玄関前の石畳を柔らかく照らしていた。

その建物に、琴葉は目を大きく見開く。

（ここって）

昨日、琴葉が逃げ出した駅前のグランドホテルだ。

八重倉は何のためらいもなく自動ドアに向かい、中へ足を踏み入れた。緑の制服を着たポーターが、二人にお辞儀をする。

「え、あの」

真正面にあるフロントには目もくれず、八重倉はそのままエレベーターホールへと向かう。ちょうど停まっていたエレベーターに乗り込む時も、彼は無言だった。

静かにエレベーターの扉が開くと、彼はまたさっさと歩き出す。琴葉の腕は当然掴まれたままだ。一番端の部屋の前でようやく立ち止まった八重倉は、上着のポケットからカードキーを出し、さっとかざしてドアを開けた。

「あのっ、八重倉か……!?」

引っ張られて中に入り、八重倉がこちらを振り返るのを見た途端、突然琴葉の視界がぶれる。眼鏡を奪われたのだと気付いた時には、彼女の身体はふわりと浮いていた。肩からバッグが滑り落ちたが、拾い上げる余裕もない。

「きゃあ!?」

背中に柔らかいものが当たったと同時に、黒い影が琴葉の身体に圧し掛かってくる。横たわる琴葉を逃がさないようにか、八重倉が四つん這いの体勢で彼女を閉じ込めていた。ぼんやりした視界の中、間近に迫った八重倉の顔だけがくっきりと浮かび上がって見える。

彼は自分の眼鏡も外すと、手を伸ばしてどこかに置いた。鋭く光る瞳が琴葉に迫る。眼鏡がなくても彼の表情ははっきりと見えた。

こんなに感情を露わにする八重倉を今まで見たことがない。いつも冷静で、鉄仮面のようだと噂されている彼の瞳に浮かぶ、怒りとも熱ともつかない強い光に圧倒され、琴葉の身体は痺れたように動けなくなった。

しばらくの間、八重倉は何も言わず琴葉を睨み付けていた。互いの息がかかるほどの近距離に、琴葉の唇が震える。やがて、彼は口を開いた。

「……昨夜はお前の方から、俺に抱いてくれと言ったよな？」

「っ！　そ、れはっ」

意地悪な言い方に、かっと頬が熱を持った。咄嗟に顔を逸らした琴葉の左耳に、八重倉の低い声が注ぎ込まれる。

「あれは俺をからかったのか？」

「……ち、ちが、っんっ」

唇で耳たぶを引っ張られる。そのまま頬や顎のラインに沿って動く彼の仕草は優しかったが、琴葉は怖くて堪らなかった。

八重倉の声に潜む、何かが怖い。かなり怒っているのだろうか。自分に彼をからかったつもりはないけれど……

（氷川課長と間違えました、なんて言えない――）

真面目な八重倉のことだ。昨夜勝手に帰ってしまったことでさえこんなに怒っているのなら、間違えたなんて知られた時は――

きっと、もっと怒るに違いない。

(知られたくない……っ……！)

この人にだけは知られたくない。これ以上軽蔑されたくない。だけど、どうしたらいいのか分からない。

何も言えず身体を震わせている琴葉に、八重倉が無慈悲な言葉を告げた。

「だんまりを決め込む気か？　まあ、それでもいい。逃げた罰として、俺の好きにさせてもらう」

「えっ……あんんんっ!?」

顎を掴まれて真正面を向かされた琴葉は、あっさりと唇を奪われた。驚く彼女が止める間もなく、唇を割って侵入してきた舌が歯茎をなぞり始める。ねっとりとした舌の感触に、ぞくりと悪寒が走った。

「んっ、むうん、んんーっ」

両手で八重倉の胸元を押しても無駄だった。

彼の舌が逃げ惑う琴葉の舌に絡められる。粘膜と粘膜が擦れ合う感触に息が止まった。

そのまま舌を吸われて、粘着質な音が唇の端から漏れる。

息が出来ない。苦しい。熱い。

「やっ、あ、んんっ……」

　胸元に八重倉の手の熱を感じた琴葉は、びくりと身体を震わせた。すでにジャケットの前は開かれ、その下に着ていた白いブラウスのボタンも続けて外されていく。大きな手が琴葉の右胸をブラジャーごと覆った。

　八重倉の唇も琴葉の唇から首筋へと移動していき、あちこちを舐めたり吸ったりしている。その間、琴葉はただ身体を震わせることしか出来なかった。

　抵抗しないと思ったのか、彼の手がゆっくりと動き出した。

　指先が胸の底辺に添えられ、そこから手のひらを閉じたり開いたりさせながら、中心に向かってゆっくりと柔肌を集め出す。

「やあっ……んんっ」

　琴葉は髪を乱して首を左右に振ったが、八重倉の舌と指が止まることはなかった。鎖骨の辺りにちくりとした痛みを感じた琴葉は、次の瞬間目をかっと見開く。

「……ひっ、あ！」

　薄い布の上から硬くなってきた胸の先端を抓まれ、強い刺激が琴葉を襲った。

　立ち上がった蕾を親指と人差し指で転がされているうちに、琴葉の息はどんどん荒くなり熱を帯びていく。

（八重倉、課長が、こんなことっ……！）

信じられない。真面目で堅物と評判の八重倉が、自分にこんなことをしているなんて。あの飲み会の前までは、手に触れられたこともなかったのに。今、彼の唇も舌も手も指も、そのどれもが躊躇いなく琴葉のウィークポイントを暴いている。

ぷち、と金具が外れた音がして、胸を覆っていた白いレースの生地が上へとずらされた。ふるんと揺れる白い膨らみに、八重倉は顔を近付ける。左胸の先端が彼の口の中に吸い込まれた。

「ひゃあっ⁉」

軽く乳首を噛まれた琴葉は、思わず悲鳴を上げた。

ぴりりと鋭い感覚がお腹の方へと流れていく。八重倉は薄い桃色の乳輪を舌でなぞりながら、身体を揺らす琴葉の顔をじっと見つめていた。

「あ、あんっ、やめっ、てっ、はあんっ」

八重倉の髪を思わず掴むが、彼の動きは止まらない。ぷくりと立ち上がった右胸の蕾も、未だに彼の指に扱かれている。

下腹部に今まで感じたことのない熱が溜まっていき、じわりと何かが身体の奥から流れ出てきた。こんな感覚は知らない、分からない……怖い。

「あっ、あああんっ」

琴葉は太腿を擦り合わせ、身を捩った。交代に吸われて濡れた蕾は、ますます敏感になっている。硬い蕾に舌を巻き付けられ、甘噛みされ、吸われ――そして指で揉まれの繰り返しに、琴葉は甘い呻き声を上げ続けた。

「はっ、あっ……あうっ、あああああっ」

頭の中でぱちんと光が弾けた。

身体を仰け反らせた琴葉に八重倉は顔を上げ、荒い息を吐く彼女を見下ろす。熱の籠った身体をもてあまし悶えていた琴葉は、ぼうっとしたまま八重倉の顔を見た。

彼の瞳は、どこか冷ややかな色をしていた。その表情は硬く、琴葉のように息を乱してもいない。氷のような冷たさが、琴葉の心を震わせる。

（……っ……！）

蕩けそうな身体の奥に鈍い痛みが突き刺さった。残酷な事実が琴葉に圧し掛かる。

彼はこの状況に流されてなどいない。ただ、怒っているだけだ。今こうしているのも欲望からではなく、おそらく琴葉への罰――

「や、あ……っ」

（軽蔑、されてるんだ……）

琴葉の視界が滲んだ。涙が、火照った頬を伝って零れ落ちる。身体は熱く潤んでいるのに、心はすっかり硬く冷え切ってしまった。

八重倉の舌が胸からへその辺りまで落ちてきても、琴葉は抵抗せず、ただ小さくしゃくり上げるだけ。

スカートのホックに八重倉の手が掛かっても、口からは掠れた泣き声しか出ない。

(ごめん……なさい……)

ごめんなさい。私の事情に巻き込んで、ごめんなさい。

軽蔑されたくなかった。こんな目で、見られたくなかった――

ただ、そればかりを思う。

力の抜けた琴葉の両手がベッドに落ちた。これ以上八重倉を見ていられなくて、琴葉はぎゅっと目を瞑る。ベッドに身体を投げ出した琴葉は、彼が何をしようと受け入れよう、と静かに覚悟を決めた。

「っ、くそっ!」

苛立った声に琴葉がびくんと全身を震わせると、八重倉はおもむろに身体を起こし、彼女に薄い毛布を掛けた。琴葉は反射的に八重倉に背を向け、自分を守るように毛布の下で背を丸める。

八重倉がベッドから下りた気配がしたが、琴葉は動けなかった。ベッドの上でただ静かに涙を流し続ける。

胸が苦しくて、痛くて……悲しくて、申し訳なくて。

ぐちゃぐちゃな想いを抱えた琴葉は、それ以外にどうすることも出来なかった。

数分後、再びベッドマットが少し沈む。それに気付いた琴葉が身体を強張らせると、後ろから静かな声がした。

「……済まなかった」

さっきまでの声とは雰囲気が違う。

琴葉は涙を拭き、恐る恐る声の方へと顔を向ける。そこには八重倉が、ベッドに腰かけたまま、膝に肘を乗せて俯いていた。

「嫌がる女性に無理強いするなど、男のすることじゃない。かっとなって怖がらせて済まなかった」

「や、えくらか……ちょう」

琴葉は毛布の下から顔を出し、何とか声を絞り出した。顔を上げた八重倉が、ベッドヘッドから琴葉の眼鏡を手に取って渡してくれる。それを掛け、改めてこちらを見下ろす彼を見ると、その表情は今まで見たこともない程暗かった。

「お前は昨夜、抱いて欲しいと俺に縋ってきたにもかかわらず、さっさと逃げ出してしまった。その後もそ知らぬふりをして、今だって何も弁解しなかった。抱いてくれと言ったのは、俺をからかっただけなのかと思った瞬間、理性が吹き飛んでしまった。……言い訳に過ぎないが」

「ちが……います。私、からかって、なんか」

そう、からかうつもりなんてなかった。八重倉は真面目だから、琴葉の事情に巻き込めば、きっと傷付けてしまう。だから氷川を選んだのに――琴葉が間違えたせいで、この人を怒らせてしまった。

その言葉を聞いた八重倉の瞳が鋭く光った。

「なら今、何故あれだけ嫌がった？　俺をからかってみたものの、怖くなって逃げたんじゃないのか？」

「違います！」

琴葉は毛布を胸に当てたまま、身体を起こした。まだ少し怖い。だけど――

「……だって！　だって、八重倉課長、怒ってたじゃないですか！　だっ、だから怖かった……！」

行為は激しいのに瞳が冷たかった。尊敬するこの人に冷たくされたことが、堪らなく怖かった。

「わ、私が、あんなことをしたからっ……だから、きっと課長は私を、軽蔑したって、そう思って……！」

再び涙がぽろぽろと零れ落ちた。八重倉の表情がぼやけて見える。

「だ、けど、今朝、会社で顔を、合わせた時、課長はいつも、と同じ態度……だった、から」

つっかえつっかえ話す琴葉の言葉を聞く八重倉は、無表情のままだった。

「……きっと、昨日のこと覚えていないんだろうっ……て。それなら、そちらの方がいいって思ってた、のに」

「……」

「でも、覚えてて……それで、お、怒ってた、から……こんな、こと、した、んで、しょう……？」

無言のままの八重倉を前にそれ以上何も言えず、琴葉は俯いてしまった。不自然な沈黙が、二人の間に横たわる。

（何、課長に文句を言ってるの、私……悪いのは私の方、なのに……）

そう、そもそも自分が酔っぱらっていなければ、こんなことにはならなかった。相手を間違えることもなく、逃げて八重倉を不愉快にさせることもなく、仕事上のいい思い出だけを彼に残して、会社を去れたはずだったのに。

「ごめん、なさ……」

（それも、もう出来ない……）

次の瞬間、八重倉の胸元に顔を押し付けられていた。手を回した彼が琴葉を固く抱き締めている。いきなりのことに、琴葉は声も出なくなってしまった。

「……はあ」

八重倉が琴葉の頭の上で溜息をついた。琴葉はびくびくしながら、八重倉の次の言葉を待つ。

「なら、俺が怒っていないと言えば、怖くないのか?」

「……え?」

怒っていない? そんなはずはない。さっきまであんなに冷たい目をしていたのに。

琴葉の両肩を掴(つか)んで身体を離した後、八重倉はじっと顔を覗(のぞ)き込んできた。琴葉が見返すと、彼は右手で彼女の涙を拭(ぬぐ)う。

眼鏡越しに見る八重倉の瞳からは、怒りや軽蔑(けいべつ)の雰囲気は感じなかった。

「八重倉課長……?」

どうしてこの人の手は、こんなにも優しいのだろう。ふとそんな疑問を抱いて戸惑う琴葉に、八重倉は静かに言った。

「お前は俺をからかった訳じゃない、と言った。つまり、『抱いて欲しい』という言葉は、本気だったんだな?」

罪悪感に胸がずきんと痛む。その鈍(にぶ)い痛みを隠して、琴葉は小さく頷(うなず)いた。

「っ……は、い……」

(間違えたなんて、言えない……)

彼と仲のいい氷川と勘違いしたことを伝えたら、きっとこの人は傷付いてしまうだろう。

　申し訳なくて情けなくて、心が重くなった。

「ごめん、なさい。きっと不愉快に思われたと……」

　琴葉が掠れた声で謝ると、八重倉は戸惑ったような、悲しげなような、何とも言えない表情を浮かべた。

「……琴葉」

　心臓が一瞬止まった。

　彼に下の名前を呼ばれたのは初めてだ。何を言われるのかという恐怖から、琴葉はきゅっと下唇を噛み、目を伏せた。

「責任を取ってもらう」

（え？）

　責任を取る……って……？

　琴葉が再び顔を上げると、八重倉はいつもの無表情に戻ってこちらを見つめていた。

「責任？」

　琴葉が聞くと、八重倉はああと頷く。

「お前は『抱いて欲しい』と頼んで、俺をその気にさせた。だから責任を取って、俺と付き合ってもらう」

付き合う？　って、どういう、こと？

「つ、きあうって……」

八重倉の口端がにいと上がった。その獣のような獰猛な笑みに、琴葉の背筋に震えが走る。

「そのままの意味だが？　お前は俺の恋人になる。以上だ」

「こっ⁉」

（恋人？　恋人って⁉　八重倉課長の⁉）

身体がかっと熱くなるのと同時に、何故か猛烈な寒気に襲われた。口を動かそうとしても声が出ない。

何がどうして、こうなったのだろう。理解出来ずに動揺する琴葉の様子を見て、八重倉はすっと目を細めた。

「どちらにせよ、もう社内では俺達は付き合っていることになっているんじゃないのか？　あれだけの社員の前で、お前の腕を掴んで退社したんだからな」

「えっ⁉」

琴葉は目を大きく見開いた。

そうだ、今まで女っ気なしの八重倉が、これまた男っ気なしだった琴葉を引きずるように退社するところを見た社員達は、どう思うのか。

いつも女性と一緒にいる氷川が女性社員と連れ立って帰宅しているのとは、訳が違う。きっと、いや絶対、注目を浴びたに違いない。口さがない社員達があれこれと噂しているのが、目に浮かんだ。

（どう、しよう……）

上掛けを掴む琴葉の指先を八重倉の右手が包んだ。冷たくなった指に、彼の温もりが沁み込んでいく。琴葉の強張った頬にも赤みが差した。

「公私の区別はつける。仕事中は今までと同じだ。それに我が社では、社内恋愛を禁じていないから安心しろ」

安心しろと言われても。

琴葉の頭の中で、八重倉のセリフがぐるぐると回る。

（もしかして、明日にでも課長と噂になっているかもしれない私を気遣って、付き合おうって言ってくれてるの？）

そんなことを気にする必要はないのに。だって、自分はもうすぐ会社を辞めて——

（気を使わなくてもいいって言わなきゃ）

「八重倉、かちょ……」

心を決めた琴葉が事情を説明しようと口を開くと、軽く触れるだけのキスが落ちてきた。

そのまま固まってしまった彼女は、数センチしか離れていない彼の顔を呆然と見る。長いまつ毛に切れ長の瞳。すっと通った鼻筋にやや鋭角の顎の線。眼鏡なしの顔を改めて見ると、八重倉も氷川に負けず劣らずの美形だった。こんなに綺麗な顔立ちだったのかと今更ながらに気付いて、琴葉の心臓が大きく跳ねた。

胸の奥で何かが蠢く感じに動揺していたその時、八重倉の口端がふっと上がった。

「まずは陸、と呼ぶところから慣れろ」

「りっ⁉」

いきなり名前呼びなんて⁉

（無理無理無理、無理ですーっ！）

無言でぶんぶんと首を横に振った琴葉に、八重倉はそれはそれは綺麗な笑顔を見せた。凄味のあるそれを直視してしまい、顔から火が出そうになる琴葉に、彼はいつもとは違う甘い声で囁いてくる。

「これから恋人として鍛えてやるから、覚悟するんだな？　琴葉」

「〜〜〜〜っ⁉」

続けて「逆らったら容赦しない」と言われた琴葉は、咄嗟に言い返すことも出来ず、がっくりと肩を落としたのだった。

3　ハジメテ、は今夜でした

　翌日、人目を避けて早めに出社した琴葉だったが、直後に出社してきた音山にあっさりと拉致されてしまった。

「どうなってるのよ、水無さん！　八重倉課長と付き合ってるって、噂になってるわよ」

「う、は、はい……」

　自動販売機前の休憩スペースで長椅子に座らされた琴葉は、かちこちに固まっていた。所有の痕を付けられた肌を隠すために、今日は長袖タートルネックのＴシャツと長めのフレアスカートを着て来たものの、彼女に勘付かれやしないかとひやひやしてしまう。

　しかし隣に座る彼女を眼鏡越しに見ると、好奇心丸出しというよりも心配そうな顔をしていた。そうだ、彼女は昔から、面倒見のいい先輩だった。

「だって八重倉課長って、あの通り『氷の貴公子』でしょう？　いい上司だし、仕事も出来るけど、真面目すぎて女性社員のアタック、全部蹴散らしてたのに。ここに来て、更に輪をかけて真面目な水無さんを相手に選ぶなんて」

「……う」

口籠る琴葉に、音山は「氷川課長ならまだ分かるけど」、と爆弾を落とした。

「氷川課長なら女性社員連れの退社もいつものことだし、水無さんもすこーし憧れてたでしょ？　彼が八重倉課長のところに来る度に、ちらちら見てたし」

「……はい」

気付かれてたのか。琴葉は小さく頷いた。

一時は抱いてもらおう、とまで思い詰めた相手なのに、今にして思えば『すこーし憧れてた』という言葉がぴったりだと感じてしまう。

そう、優しい氷川に憧れてはいたけれど……

――琴葉。

八重倉の声を思い出しただけで、ずくんと身体の奥が疼く。

こんな衝動は氷川を想う時にはなかった。熱くなった頬を隠そうとして俯くと、音山が深い溜息をついた。

「あの堅物課長のことだから、一夜限りの関係、な訳ないわよねえ。これから大変よ、水無さん」

琴葉が顔を上げると、音山は腕組みをして唸っていた。

「八重倉課長は氷川課長みたいに目立ってモテてる訳じゃないけど、隠れファンは山ほどいるから。二人が一緒に帰ったこと、もう社内で知れ渡ってるだろうし……嫌がらせとかあったら、課長に相談しなさいよ？」

「は、はい」

琴葉がそう答えると、音山は「じゃあ私、今からお客様のところに行くから」と席を立った。すらりと背の高い音山の後ろ姿を見送った琴葉は、やがてゆっくりと立ち上がる。

（私……氷川課長のこと、それ程想ってた訳じゃ、なかったんだ……）

本当に、淡い憧れだったようだ。そんな氷川に抱かれようなんて無謀すぎる考えだった。もし予定通りにいっていたら、逃げずにいられたかどうかも分からない。

——思い詰めたあまり、とんでもないことをしでかすところだったんだ。

それをまざまざと感じさせられてしまった。

「水無さん？」

その声にぎくりと肩を震わせ振り返ると、優しい笑みを浮かべた氷川がこちらに向かって歩いて来るところだった。琴葉はぺこりと頭を下げる。

「おはようございます、氷川課長」

「ああ、おはよう。いつも早いね、水無さんは」

さり気ない褒め言葉に、居心地が悪くなってきた。いつもは癒される王子様スマイルも、今は直視出来ない。

「おい、氷川――と、水無？」

どくんと心臓が高鳴った。氷川の後から現れた八重倉がこちらを見ている。氷川が振り向き、右手を軽く上げた。

八重倉が氷川の隣に立った時、琴葉もおずおずと挨拶をする。隙の無いダークグレーのスーツ姿から目が離せなくなった。

「おはようございます、八重倉課長」

「おはよう」

眼鏡の奥で、八重倉の瞳がすっと細められた気がしたが、次の瞬間には、彼は氷川に話し掛けていた。

「朝一で打ち合わせだと言っただろう。資料は？」

「大丈夫だ、スライドも用意してあるし、印刷も頼んで来た」

隣に並ぶと、この二人は本当に体格が似ていると、琴葉はぼんやりと思った。

髪形は八重倉の方がやや短めだが、同じ長さに切り揃(そろ)えたら、後ろからでは区別がつかないだろう。

（そう言えば、八重倉課長も）

彼が着ているスーツも、氷川と同じで既製品(きせいひん)ではないようだ。袖口から覗(のぞ)く腕時計もよく知られたブランド物。

あの夜、彼の顔を見なかった琴葉が氷川と間違えたのも、無理もないことだったのかもしれない。

つと、八重倉の視線が琴葉に向いた。また琴葉の心臓が大きく跳ねる。

「水無、午後から回る顧客の資料、午前中に揃えておいてくれ」

昨夜の秘め事など微塵も感じさせない声と表情。いつもの冷静な八重倉だ。琴葉は顔を引き攣らせながらも、何とか笑みを浮かべた。

「はい、分かりました」

二人にお辞儀をして、八重倉の横を通り過ぎようとした時、ふっと低い声がした。

――帰り、待っててくれ。

ぱっと振り仰ぐと、彼の口元だけが弧を描いていた。

秘密めいた微笑みに、琴葉は何も言えずその場に立ち止まってしまう。

「じゃあ、行こうか」

八重倉は氷川を伴って、琴葉の先を進んでいく。彼女が八重倉の呪縛からようやく逃れられたのは、二人の姿が角を曲がって見えなくなってからだった。

＊＊＊

「ふう……」

チェックし終わった書類を籠に入れ、琴葉は壁掛け時計を見た。現在はちょうど十八時。そろそろ外出中の八重倉が戻ってくる頃だ。今日の営業部員は外出が多く、居残り組もちらほらと帰り始めている。

(今日は疲れたなあ……)

営業部内はまだ良い。意味深な視線こそ感じたが、表立ってからかわれることはなかった。これは隣の音山がさり気なくガードしてくれたおかげでもある。だけど。

(他の部署ではそうはいかないものね……)

伝票処理のために訪れた経理部でも、郵便物を取りに行ったメール室でも、社員食堂でも、琴葉はいつになく注目を浴びていた。中には『八重倉課長と水無さん、付き合ってるって本当なの⁉』と詰め寄って来る女性社員もいて、琴葉はほとほと困ってしまった。

その場は何とかお茶を濁したものの、『こんな地味女に八重倉課長は勿体ないわ！』とまで言い捨てられると、さすがに気分が重くなる。

釣り合わないことは重々承知している、自分が無理に迫ったせいで、彼が気を使ってくれているだけだ、と言いたい。

（だけど、八重倉課長の評判を落とす訳にはいかないもの）

もうすぐ辞める自分の評判が落ちたところでどうということはないが、出世頭の八重倉の足を引っ張るようなマネは許されない。

『あんな女と付き合うなんて、課長も見る目がない』などと、言われないようにしなければ。そのためには、いつも通り淡々と仕事をこなすしかない。

そう思って、今日一日を何とか踏ん張った。

「お先に、水無さん。あ、この請求書、明日処理頼むね」

ふと目を上げると、同期の長谷川が琴葉の席の傍に立っていた。大学時代にバスケをやっていたという彼は、肩幅が広くがっちりとして背が高い。

書類を受け取った琴葉は、普段通りに会釈した。

「お疲れ様でした、長谷川くん。明日中にチェックして経理に回しておくわね」

「うん、頼むね。……あのさあ、水無さん」

長谷川が短い髪を掻きながら、ぽつりと言った。

「八重倉課長と付き合ってるって……本当？」

「っ、それ、は」

長谷川は八重倉と行動を共にすることが多い。八重倉が担当している顧客の一つを、現在彼に引き継いでいるためだ。長谷川が言い触らすとは思えないが、あまり下手なことも言えない。

琴葉は口端がぴくぴくと引き攣るのを感じた。長谷川は机に手を付き、琴葉を覗き込んで真面目な顔をする。

「だってさ、二人ともそんな素振り全然なかっただろ？　それがあの飲み会の後、突然八重倉課長が水無さんを——」

「あれが、きっかけだったからな」

冷静な声に、長谷川と琴葉は同時に後ろを振り向いた。いつの間にか、ドアのところに八重倉が立っている。

「八重倉課長⁉」

驚く長谷川に、八重倉がつかつかと近付いていく。長谷川が姿勢を正すと、八重倉は事もなげに言った。

「俺が水無に交際を申し込んでOKをもらった。以上だ」

長谷川の目が大きく見開かれた。よほど驚いたのか、ぽかんと口も開けている。それに釣られて、琴葉の頬も一気に熱くなった。

「え⁉　八重倉課長が、水無さんに⁉」

そう問われた八重倉の表情はいつもと全く変わらない。まるで仕事の話をしているかのように、彼は長谷川に言った。

「ああ。言い出すタイミングが、あの飲み会だっただけだ。仕事には支障をきたさないようにしているし、本郷部長にも問題ないと言われている」

「そ、そう、ですか……」

心なしか長谷川の肩が、がっくりと落ちた気がするのは何故だろう。琴葉ははらはらしながら、二人のやり取りを見ていた。

「じゃ、じゃあ、水無さん。明日頼むよ。……お先に失礼します、八重倉課長」

「ああ、お疲れ様」

どこか哀愁の漂う長谷川の背中を小首を傾げながら見つめていると、彼が部屋から出て行った途端、琴葉の耳にぞくりとする声が聞こえた。

「――で？　何故長谷川にはっきりと言わなかった？」

先程の長谷川と同じように、八重倉が琴葉の顔を覗き込んでいる。間近で見る彼の表情は、一見微笑んでいるようだが、目が笑っていなかった。長谷川の時には受けなかった圧迫感をひしひしと感じた琴葉は、どもりながら答える。

「な、何故って」

だって、八重倉課長の評判を落としたくないから――と言う間もなかった。一層眼光を鋭くした八重倉が言葉を続ける。

「俺と付き合うことになったのは自覚してるよな？」

「は、はい」

——何だか怖い。脅されている気がするのは何故？

琴葉は息を呑み、八重倉をじっと見上げる。やがて八重倉はふうと溜息をつき、身体を起こして琴葉から離れた。

さっきまでの張り詰めた雰囲気がなくなったことに、琴葉も安堵の溜息をつく。

「お前、分かってなかったのか？」

八重倉の表情はどこか硬い。

「え、と……何のことでしょうか？」

何を言われているのか分からず、頭に疑問符を浮かべながら八重倉を見ると、彼は
「もういい。忘れろ」と少し疲れたように呟いた。

「そろそろ帰るぞ。準備しろ」

「……はい」

その態度を疑問に思いながら、琴葉は請求書を処理中の籠に入れ、仕事の後片付けを開始した。自分の机に戻った八重倉の方をちらりとみると、彼も黒いビジネスバッグから書類を出し、机にしまっているようだ。

（そうだ、今日は大手取引先との契約があったって予定表に書いてあったっけ）

契約相手の社長は、なかなか気難しい人物だという噂を聞いている。

なら、今日はかなり疲れているはずだ。私も早めに帰った方がよさそう、と琴葉は思った。

「お待たせしました、八重倉課長」

琴葉がショルダーバッグを持って立ち上がると、八重倉もビジネスバッグを持って後に続く。そして彼は空いた右手で琴葉の左腕を掴んで言った。

「じゃあ、行くぞ……琴葉」

「っ⁉」

琴葉を見下ろす彼は、すでに『八重倉課長』ではなかった。息を詰めた琴葉に、八重倉は捕食者の笑顔を見せる。

「もう業務後だからな？　『課長』は禁止だ。分かったな？」

「……っ、り、陸、さん」

琴葉が何とか言い直すと、彼は再び綺麗に微笑んだ。その笑顔に魅入られたまま、琴葉は彼について部屋を出て行った。

（あああ、また注目されてた……）

八重倉とタクシーに乗った後、琴葉は内心頭を抱えていた。

彼に引っ張られながら歩いた玄関ロビーで、またもや退社中の社員達の注目の的になってしまったからだ。

もっとも八重倉の迫力（？）に呑まれたのか、直接話し掛けて来る猛者はいなかったが、こそこそと噂している様子の女性社員もいて、琴葉は肩身が狭かった。

（さっき、長谷川くんにも付き合ってるのかって聞かれたし……それに八重倉課長から私に申し込んだって言っちゃうし……）

どんどん話が大きくなっている気がする。

退職するまで、せめて淡々と仕事をこなして彼に迷惑を掛けないようにしよう、と思い直したばかりだったのに。

（どうしよう……ここまで皆に知れ渡った状態で、黙って私が会社を辞めたら、八重倉課長……）

きっと噂の的になってしまう。そんなことになったら、いくら社内恋愛が自由な社風でも、彼の評判はがた落ちになるかもしれない。

（迷惑だけは掛けたくない、のに）

琴葉は左隣に座る八重倉の横顔を盗み見た。脚を組んで前を向いている彼の横顔を、夜の街の光が時折照らす。心臓も胸も痛くて、どうすればいいのか分からなくなった。

（ちゃんと話してみよう。まずはどういうつもりなのか、聞いて……それで、なるべく八重倉課長の邪魔にならないようにしなくちゃ）

仕事中は彼も以前と同じ態度だから特に問題はない。琴葉さえしっかりしていれば、それで済む話だ。

……まあ、今日もそれが難しかった訳だけれど。

――責任を取ってもらう。

そう、彼は言った。責任を取って自分と付き合えと。でも、どうして責任を取ることが付き合うことになるのかが分からない。

（音山さんが言ってたみたいに、課長はモテるし……そのせいで今日だって色んな人に嫌味を言われたし。別に私じゃなくても、付き合う相手なんていくらでも……あ）

ふと気が付いた。もしかして、今日琴葉に文句を言ってきた女性社員のように、八重倉にアピールしている女性が社内に現れたのかもしれない。彼女達を牽制（けんせい）するために、彼は琴葉を恋人だと周囲に思わせたいのでは……？

（それなら納得がいくかも）

どう見ても釣り合っていない相手なら、いつでも関係を解消出来るし、琴葉の性格上、別れた後も八重倉に付き纏（まと）って迷惑を掛けたりはしないと、そういう考えだろう。

（つまり防波堤（ぼうはてい）みたいなものかしら）

その役割を八重倉が望んでいるなら、恋人のフリもきちんとやり遂げよう。それで時期を見計らって琴葉の方からフェードアウトすれば、丸く収まりそうな気がしてきた。

（うん、それなら頑張れそう。課長の為にも）

ぐっと膝の上で拳を握り締めた琴葉は、一人決意を固めて、窓の外を流れる景色に目を向けたのだった。

琴葉が連れて行かれたのは、二十階以上はありそうな高層マンションの前だった。大きなガラスの自動ドアの向こうに、黒いスーツを着たコンシェルジュらしき男性が見える。どう見ても、セレブが住んでいそうな佇まいに、琴葉はあんぐりと口を開けた。

八重倉はまた琴葉の腕を掴んだまま、さっさと中に入り、「お帰りなさいませ、八重倉様」と挨拶してくるコンシェルジュに会釈を返した。琴葉も通りすがりに頭を下げる。

「うわ……」

一流ホテルを思わせる上品な内装。落ち着いた色合いの大理石の床に、黒い石の壁が映えている。白い壺に飾られた薔薇の花束も、どこからか流れて来るクラシック音楽も、ここが選ばれた人間だけが入れる空間であることを如実に表していた。

水無家の屋敷も立派な日本家屋だが、ここまで豪華な造りではない。そんなきらきらしい中を、八重倉は平然と歩いていく。琴葉は辺りをきょろきょろ見回しながら彼の後をついて行った。

エレベーターが静かに上昇する。八重倉は無言のままパネルの前に立ち、そんな彼の背中を見て、琴葉も黙っていた。

――到着した階は最上階だった。さっさと進んでいく八重倉は、カードキーで白いドアを開けたが、見渡す限り、壁にはそのドア一つしかなかった。

(この階にあるのは、この部屋一つだけ⁉)

琴葉はまだあちこちを見回していたが、八重倉に手招きされて中に入った。

部屋の中も、モデルルームかと思うような、豪華な造りだった。

二十畳以上ありそうな広いリビングの奥には螺旋階段がついていて、中二階が備えられている。リビング奥の一面は緩やかな弧を描くガラス窓になっていて、見事な夜景を見下ろせそうだ。

革張りのソファもガラスのローテーブルも、壁に設置された大型TVも、琴葉の口をぽかんと開けさせるのには十分すぎる程だった。

(うちの実家だって広さだけなら負けないけれど、こんな一等地のマンションでこの広さって！)

「こ、ここに住んでらっしゃるんですか？」

おっかなびっくり尋ねると、スーツの上着を脱ぎ、ネクタイを緩めた八重倉がしれっと答えた。

「ここは知り合いの持ち家だ。海外赴任になったから管理して欲しいと頼まれて、期間限定で住んでいる」

「そ、そうですか」

かなりお金持ちの知り合いがいるらしいが、彼自身がそうではない、と知った琴葉は少しほっとした。

八重倉に勧められてソファに座った琴葉は、リビングの隣のオープンキッチンでコーヒーを淹れている八重倉をじっと待つ。

ワイシャツの前ボタンを一つ外し、袖をまくった八重倉の姿から目が離せない。

(綺麗、よね……)

一つ一つの動作が滑らかで、美しい。王子様というより、侍のようなイメージだ。

見ているだけで、息が苦しくなって、胸がどきどきして――

「ほら」

「い、いただきます」

白い磁器のカップを渡された琴葉は、いい香りのするコーヒーを一口飲んだ。少しのミルクに少しのお砂糖のそれは、琴葉好みの味になっている。琴葉の左隣に座った八重倉のカップを覗くと、そちらにはミルクは入っていないように見えた。

「このコーヒーすごく美味しいです。こくがあって」

琴葉の言葉を聞いた彼は、少しだけ口元を綻ばせた。

「いつも少し甘めのミルクコーヒーを飲んでいるだろう。気に入ると思った」

（わざわざ私の好みに合わせてくれたんだ……）

嬉しさがじわりと心に沁みた。その気遣いがものすごく嬉しい。何だか大切にされているような、そんな気持ちになってしまう。

温かなコーヒーを飲み終わる頃、八重倉が静かに言った。

「琴葉」

「はい」

カップをテーブルに置いて、姿勢を正した琴葉を見た八重倉は、苦笑した。

「ここは職場じゃないんだ。もう少しリラックス出来ないのか」

「う、そうは、言っても、ですね」

緊張することには変わりはない。というより、仕事をしている時よりも緊張している。こんな間近に八重倉がいることに、緊張しない方がおかしいだろう。

（だっ、大体、色気があり過ぎるんです、課長はーっ！）

隣から体温を感じるだけで、こんなに心臓が痛くなるのに。

やや俯き加減になった琴葉の左頬に、八重倉が右手を当てた。眼鏡越しに顔を覗き込まれて、琴葉の肩がびくりと震える。

「これから俺とのことを会社の連中に聞かれたら、ちゃんと付き合っていると言え。分かったか？」

「っ……は、い」

「面倒事が出てきたら、俺が対処する。琴葉が俺の恋人だと周囲に知っておいてもらった方が、俺も都合がいいからな」

（都合がいい……やっぱり）

琴葉は小さな声で八重倉に尋ねた。

「あの……八重倉、」

課長、と言い掛けてじろりと睨まれた琴葉は、慌てて言い直す。

「……いえ、陸さんは、会社で女性から声を掛けられたことって、あるんで、すか……？」

ん？　と小首を傾げた八重倉に、琴葉の言葉尻は小さくなってしまった。

（何、当たり前のこと聞いてるんだろ、私……）

仕事が出来て、出世頭で、部下の面倒見が良くて、おまけに美形だし。今日だって、掛けられていたに決まってる。そう思うと、胸がつきんと痛んだ。ぶるぶると首を横に振った琴葉は、八重倉の瞳を真っ直ぐに見て、頭を下げる。

嫉妬した女性社員に嫌味を言われたところなのに。

「その、私では物足りないかもしれませんが、お付き合いしているということにさせていただきます」

本当はもっと華やかな人の方がいいのだろうけど、精一杯頑張ろう。

そんな決意を込めて琴葉が八重倉を見つめると、彼は一瞬目を見張った。真剣な琴葉の顔をじっと見返した後、彼は右手でくしゃりと頭を掻いた。はらりと乱れた前髪が色っぽくて、思わず目を奪われる。

彼は自分の銀縁眼鏡を外し、ローテーブルの上に置いた。

「お前、本当に分かってないんだな」

「え？　あの、八重っ……!?」

急に視界がぶれたかと思うと、無防備になった唇に彼のそれが重なっていた。眼鏡と唇を奪われ、びっくりして固まってしまった琴葉の身体に、逞しい腕が回される。

「きゃ……っ」

ぐんと身体を持ち上げられた琴葉は、慌てて彼の肩に掴まった。眼鏡がなくても、彼の瞳に浮かぶ熱が分かる程の至近距離だ。

「俺は優しい上司だからな。今日はゆっくりと最後まで説明してやる――ベッドの上で」

その言葉を聞いた琴葉は、身体の奥から、恐れと熱い期待が入り混じった何かが溢れて来るのを感じた。恥ずかしくて彼の首筋に顔を埋うずめると、男らしい汗の匂いにくらくらする。

本当はいけないことなのかもしれない。けれど——教えて、欲しい。この人に……全部。

琴葉は熱に浮かされたように、そう思った。

「んっ……あ、んん」

長い長いキスの後、琴葉は熱い吐息を漏らしていた。広いベッドの上で熱い身体と身体が絡み合っている。自分の肌に直接触れる彼の肌は熱くて、思わず手を伸ばしてゆるりと撫でた。いつ服を脱がされたのかも覚えていない。胸の膨らみを直接掴まれて、ようやく自分が裸だと気付いたぐらいだ。

「あうっ」

ぴん、と弾かれた胸の蕾はとっくに硬く尖っていて、彼の指に捕食されていた。胸の先から下腹部にじわりと熱が伝わっていく。むずむずするような焦れったさが太腿の辺りに広がる。琴葉が身を捩ると、彼がちゅ、と小さいキスを唇から顎にかけて落としていった。

「本当に敏感な身体をしてる。心の方は鈍いのにな」

「え、あんっ……あ」

肌に吸い付く唇の感触がとても優しくて、何故か涙が零れそうになった。琴葉にあまり経験がないことを知っているかのように、甘く優しく包み込んでいく、そんな彼の動きに心が嬉しいと叫んで——そしてどこかで『ごめんなさい』と謝っている。

（私、課長——陸さんのこと、利用しようとしてる……）

優しくて甘くて熱い。そんな感覚を覚えておきたい。身体の一番奥にしまっておきたい。そう、大事な思い出に——

「あああああっ⁉」

柔らかな茂みの奥にある、秘められた花芽を指でぐいと押された琴葉は、身体を仰け反らせた。意地悪な唇が、胸の先端を引っ張って刺激する。

「他のことを考えるな。俺のことだけ考えろ」

「はっ、はあんっ……」

あなたのことを考えていた、とも言えずに、琴葉はただ身体を震わせて、はあはあと息を荒らげた。彼の指がゆっくりと花びらを揉むように動くと、そこから生まれた快楽が脚を伝ってつま先まで行き渡る。程なくして、厭らしい水音が掻き回す指と共に聞こえてきた。

「ああ、膨らんできた。ここが感じるだろ？」

「ひあっ」

花芽に蜜を塗り込める動きに、琴葉は思わず腰を浮かせた。

自分でも触れたことのない秘められた箇所に、容赦なく触れる指。その感触に琴葉の身体の内側にも、熱が籠っていく。

「やっ……とけ、ちゃう……っ……」

腰の辺りが熱くてどうにかなってしまいそう。すでに琴葉の身体は彼の意のままに蕩けてしまっている。

それが男の劣情を煽ることになるとも知らず、琴葉はいやいやと首を横に振った。

「溶けてしまえ。お前の全てが欲しい」

彼の声もいつもとは違う。熱に掠れた低い声が、琴葉の耳から身体に入ってきて、下腹部の奥まで響いた。奥の方がひくと動く感触がして、琴葉は「あんっ」と身を仰け反らせた。

「入り口がだいぶ柔らかくなったな。これなら入りそうだ」

「きゃ、あああんっ」

長い指が一本、濡れた襞の間に差し込まれた。小さい痛みを感じた琴葉は、その違和感にぎゅっと目を瞑って身体を強張らせる。

「力を抜け。ゆっくりと慣らしていくから」

親指の腹がまた花芽を擦り出した。鋭い刺激に、差し込まれた指がもたらした痛みが分からなくなる。

そうしている内に、指が内側の肉壁をゆっくりと擦り始めた。とっくに濡れた襞の上を、指が滑っていく。

「あ、あああっ……んっ、はあっ、は、あ」

花芽への刺激に合わせて、びくんびくんと自分の内側が動く。蜜が溢れて、太腿にも伝わり始めた。中の指の動きが、徐々に大きくなっていく。

「狭いな。指一本でこんなに締まっているとは」

「あ、あう……」

もぞもぞするような、ぞくぞくするような、不思議な感覚。

琴葉の口から吐息が漏れたのと同時に、指が太さを増した。

「あんっ！」

今度は初めてのような痛みではなかったが、静電気に似たぴりぴりとする感覚が広がった。

「二本目も咥え込んだな。ああ、この締まる感触を早く味わいたい」

「ああんっ」

ばらばらと二本の指が別々に動き出した。少しずつ空間を広げるように、襞を押している。時折変な感覚のする場所に指が当たると、琴葉は胸を突き上げて呻いた。

「は、あっ、あうっ……」

（な、に……これ）

違和感や痛みよりも快楽がじわじわと上回ってくる。

硬く閉ざされていた花びらは、今やすっかり綻んで指の刺激を待ち望んでいた。少しずつ、少しずつ、ナカの刺激が気持ちよくなっている。

襞を撫でる指がある個所に当たると、つま先まで痺れるような快感に襲われた。甘い呻き声を上げて悶える琴葉の頬は、熟れた果実のように赤くなっている。

怖い。気持ちいい。熱い。呑み込まれそう。

琴葉の開いた唇から、はっはっと熱い息が漏れた。太腿に震えが走り、肌にはじっとりと汗が滲んでいる。

「あ、ああっ……んんっ」

何も考えられなくなった琴葉は、彼が満足気ににやりと笑ったことにも気が付かなかった。

「これなら大丈夫そうだ」

「は、あああああっ！」

きゅっときつめに花芽を抓まれた琴葉の目の前で、一気に閃光が弾けた。大きな震えが琴葉の身体を走る。

どくんどくんと心臓の鼓動に合わせてうねる襞(ひだ)が、指を奥に誘うように締め付けていた。

「あ、ああああっ……」

彼が口端(こうたん)を上げ、琴葉の唇に自分の唇を重ねて言った。

「初めてイッたか？　初心者にしては上手だったな」

「イ……くって……」

今のが？　乱れた息を吐きながら、琴葉は呆然(ぼうぜん)と彼を見た。

どろどろと身体の奥から熱が外へと流れ出している感覚がする。身体の奥の方でまだ何かが蠢(うごめ)いている。

（これがイクっていうことなの？）

彼が指をずるりと引き出した。琴葉の目の前で、彼がてらてらと蜜で光る指を舌で舐(な)め取る。

恥ずかしいのに、目が逸(そ)らせない。琴葉は、見せつけるようにゆっくりと舐(な)める彼の舌に目を奪われた。

蜜を舐(な)め終わった彼が上半身を起こし、ベッドサイドに手を伸ばす。小袋をさっと開け、白いモノを取り出した。

「あ……」

先端が膨れ、筋が浮き出た赤黒く見える楔に、彼はするすると器用に薄い膜を嵌めていく。ソレは指よりも太くて長くて大きい。もちろん見るのは初めてだ。

琴葉は息をするのも忘れて、ただただ彼を見ていることしか出来なかった。

(こんなに大きいのが……あの夜、私のナカに入ったの……?)

信じられなくて目を見張る琴葉に気付くと、嵌め終わった彼が安心させるように笑う。

「琴葉。最初は痛いかもしれないが、我慢しろ」

(えっ?)

彼の言葉に違和感を感じた琴葉は、目を瞬いた。

(最初……って……)

「あ、の……っ、んんんんっ!?」

太腿を開かれた琴葉の濡れた花びらに、硬い先端が当たったかと思うと、ゆっくりとナカに入り込んできた。

「いた……いっ……!」

指とは違う圧倒的な重量感に、琴葉は歯を食いしばった。十分に解され、快感に濡れたはずだったが、切り裂かれてしまいそうな痛みが身体に襲い掛かってくる。そんな琴葉を気遣ってか、彼は息を吐きながらゆっくりと腰を沈めてきた。狭い路を広げていくぎしぎしとした痛みに、琴葉の目から涙がぽろりと落ちた。

「琴葉、もう少しだ」

優しい唇が、目元の涙を吸い取った。彼の左手が、琴葉の胸を掴み、また蕾をこりこりと扱き始める。

胸からのその刺激が、痛みを少し和らげてくれた。圧迫感が、少しずつ奥へと広がっていく。

「んっ……は、ああんっ……あう」

ずん、と衝撃が身体の奥に響いた。彼がほうと溜息をつき、琴葉に優しくキスをした。

「これで全部入った。大丈夫か？」

ちょっと痛いが、彼の熱いモノに身体を貫かれている、彼と一つになっている。そのことがとても――嬉しかった。

「んっ……だいじょ、ぶ……」

彼はじっと動かない。その間に、琴葉の息が少しずつ落ちついてきた。

（感じ、る……）

身体の奥に彼を――彼の感触をまざまざと感じる。痛くて堪らないのに、この痛みさえ、受け入れたくなってしまうのは、何故だろう。

「琴葉」

胸の蕾を指先で転がしながら、彼は右手を結合している部分に伸ばした。

「あああっ!?」

花芽をするりと撫でられた刺激が、身体の奥にも伝わった。襞がぐっと奥に締まり、一瞬快楽が痛みを上回った。

「最初はナカだけでは辛いだろう。こちらも可愛がってやるから」

「あっ、あんんっ」

花芽を弄るのと同時に、彼はゆっくりと腰を動かし始めた。痛みは徐々に引き、代わりに何だか訳の分からない、むず痒いような感覚が琴葉を襲ってきた。蜜に濡れた襞が、痛み以外の感覚を拾い始めている。

「あ、あああ……んあっ」

擦れ合う感覚が、気持ちいい。花芽を抓まれる鋭い刺激とは違う、じわりじわりと広がってくるような、快感。琴葉の息が短く速くなる。

「気持ちいいか？　琴葉」

蕩ける瞳を彼に向けた琴葉は、こくんと小さく頷いた。

「あっ、んっ……い、いっ」

腰が彼に合わせて揺れている。彼が琴葉の右膝の裏に手を回し、自分の背中に彼女の右脚を載せた。より深く繋がった感触に、琴葉のつま先がぴんと張る。

「あっ、はっ、はあっ」

琴葉は彼の首の後ろに両手を回した。全身がゆさゆさと揺さぶられ、その度に甘い波が琴葉を攫おうとする。蜜に濡れた彼の欲望の動きは、大きく速くなっていく。

突き上げた左胸の先端を再び口に含まれ、軽く甘噛みされた瞬間、琴葉は一気に高みへと昇りつめた。

「あっ、も、だめっ……、ああああああんっ！」

琴葉が仰け反るのと同時に、ぎゅっと襞が締まる。彼が「うっ」と呻き声を上げたかと思うと、大きく膨れ上がった楔から、熱い何かが放たれた。身体の奥に沁みてくる熱さに、琴葉はまた肌を震わせた。

「はあっ、はあっ、あ……」

広い胸に抱きしめられた琴葉の鼻腔に、男らしい香りが充満した。広い背中に手を回し、均整の取れた筋肉に指を這わせると、唸り声が彼の口から漏れた。

「初めてだからと遠慮してやったんだからな。あまり煽るな」

（はじめ、て……？）

そう言われても、ぼうっとした頭ではよく分からなかった。琴葉は温かさに包まれたまま、静かに目を閉じ、そのまま甘い闇へと落ちていってしまった。

「ん……」

手を伸ばすと、温かい何かに触れた。琴葉は夢うつつのまま、手で何かを探る。感じる滑らかな感触が心地よかった。

「琴葉」

耳元で低い声がした。ぼんやりと瞼を開けるとほぼ同時に、唇が塞がれた。熱い舌が琴葉の口の中を舐め回している。

「んっ……ふ、あ」

舌と舌を絡め合わせる。柔らかで甘い感触にどっぷりと浸ってしまう。ぼんやりとしたまま、琴葉は両手を上げ、逞しい首筋を抱き寄せた。

「んふ、んんっ……」

大きな手が琴葉の右胸を撫で上げる。白い肌の中心にある蕾は、こりこりと指に扱かれると、すぐに硬く立ち上がってきた。

そうしている間に、琴葉の頬から顎、そして首筋にかけて、ちゅくりと肌を吸う音が移動していく。

「はあ、んんっ」

ふるりと身体を震わせた琴葉の左耳に、一層低くなった声が注ぎ込まれた。

「いいのか？　このまま抱いても」

（いい……？　っ⁉）

琴葉がぱっと目を開けると、至近距離に綺麗な漆黒の瞳があった。汗に濡れた前髪が額に張り付いている。くっと口端を上げた笑顔が、恐ろしく色っぽくて――

「っ、きゃあああっ!?」

琴葉は柔肌をふにゅりと揉んでいる手を払い、慌てて両手で胸を隠して身体を起こした。彼は右ひじをベッドについた格好でにやりと笑っている。均整の取れた上半身のラインが、辛うじて上掛けに隠れている腰へと続いている。八重倉から視線を逸らした琴葉は、顔に熱が集まるのを止めることが出来なかった。

「お前の身体に負担が掛かるだろうから、昨夜は一回だけにしておいたんだが。余裕があるなら、今からもう一度するか？　まだ出社までには時間がある」

「いっ、いいえっ、結構ですっ！」

八重倉は、ふるふると必死に首を横に振った琴葉を見ながら、身体を起こして彼女の左隣に座った。肩に彼の右腕が回される。琴葉はますます身体を縮こまらせた。

「大丈夫なのか？　初めてだったんだろう？」

「は、はい……？　え、初めて？」

琴葉は顔を上げて、八重倉の顔をまじまじと見た。今この人は、初めて――って言った？

「昨日が初めて……って……じゃあ」

確かに昨日彼がナカに挿入ってきた時、引き裂かれるような痛みが走ったことを、琴葉は思い出した。

「の、飲み会の夜は……あの時私達……」

「ああ」

しれっとした顔で八重倉が言った。

「お前は泥酔していて、意識がなかったからな。そんな相手に最後まではと思い、我慢したんだ」

「ええっ⁉」

（じゃ、じゃあ、昨日までの私って……）

てっきり関係を持ってしまったと思っていたのに、何もなかったなんて。あれだけ悩んでいたのは何だったのか。

目を白黒させている琴葉に、微笑む八重倉の気配はどこまでも黒かった。

「初めてをもらうのが一日遅くなっただけだ。もうお前の身体で俺が知らないところはない。――今更逃げるなよ、琴葉？」

「う」

こんな彼の顔は初めて見る。いつも理性的で冷静な彼は今、いつ肉食獣に変化するか分からない危うさを秘めていた。狙っている獲物は琴葉だと、熱い視線が物語っている。

ちゅ、と琴葉の左頬にキスを落とした八重倉が甘く囁(ささや)いた。

「逃げるなら――今日はこのままベッドに閉じ込めるが」

この言葉に、一気に鳥肌が立つ。寒いのか、熱いのか、身体の温度がよく分からない。

「ににに、逃げませんっ……」

ですから、出社しましょう。そう必死に主張した琴葉に、八重倉は少しだけ無言のまま考えた後、「そうだな」と小さく頷(うなず)いた。

ベッドから下りた八重倉が立ち上がり、バスルームの方へ消えていったのを見て、琴葉はようやくほっと一息つけたのだった。


「八重倉課長……それに水無さん⁉」

二人揃(そろ)って――というより、八重倉が琴葉を強引に連れて来たのだが、一課に入ると、すでに席に着いていた音山が立ち上がった。

「おはよう、音山。何か用か?」

普段通りの声で八重倉が挨拶をする。その態度に、アーモンド形の瞳を大きく見開いていた音山は、「……おはようございます」と小さく挨拶を返した。

琴葉も彼女に挨拶をしてからロッカーへ向かう。

今日の服装は、薄いブルーのタートルネックに、長めの紺(こん)のフレアスカート。

なるべく肌を見せない格好にしたのは、ぎりぎりまで琴葉の肌を弄んでいた八重倉がつけた痕を隠すためだ。

マンションから琴葉のアパートまでタクシーで送ってくれた彼は、琴葉が着替えるまで外で待っていた。

琴葉の出勤コースを知りたいと彼が主張するまま二人で電車に乗り、駅から会社までの道のりを歩いて来たのだ。朝早いせいか、道中に社員はちらほらとしかいなかったが、二人を見た全員が音山のように目を丸くしていた。

（恥ずかしい……）

上着をロッカーにしまった琴葉が席に着くと、音山が小声で話し掛けてきた。

「ねえ、八重倉課長と出社ってことは、水無さん……」

「っ……！」

頬が一瞬で熱くなった。俯く琴葉を見た音山は、奥の席に座った八重倉の方へさっと視線を走らせた。琴葉も上目遣いにそちらを窺うと、彼はいつも通りの澄ました顔でパソコンに向かっている。

今朝のことを思い出さないように必死な琴葉に比べ、全く動じていない様子の彼。琴葉はだんだん腹が立ってきた。

（そっちがそういう態度を取るなら、こっちだって）

ぱんと両手で頬を叩いた琴葉は、パソコンの電源を入れ、引き出しから作業中の書類を取り出した。

甘い記憶を振り払おうと仕事に集中し始めた琴葉は、音山が何か言いたげな表情を浮かべていたことに気付かなかった。

4　桜舞う思い出を守りたい

八重倉と琴葉が付き合っているという噂は、あっという間に社内に広まった。

もっとも八重倉は全く隠す気がなく、誰かに聞かれれば『水無と付き合っているが、何か？』と冷たい視線と共に返答している。

一方の琴葉は、肩身の狭い思いこそしているものの、仕事中の八重倉の態度が以前と全く同じこともあり、課内で仕事をする分には普段と何も変わらなかった。

変わったことといえば、朝寝坊が増えた琴葉が眼鏡を掛けるようになったことと――八重倉の家に泊まる日が多くなったことぐらい。

『ここで一緒に暮らさないか』とまで言われたが、琴葉は『こんな高級マンション、落ち着けません』と必死に断った。

八重倉は不服そうだったが、それ以上の無理強いはしてこなかった。とはいえ、代わりに仕事帰りは八重倉の家に行くのが、半ば習慣となっている。

社内での八重倉は、相変わらず厳しい上司のままだ。琴葉にも手心を加えず仕事を振るのを見た音山が、『ねえ、本当に八重倉課長と付き合ってるの？』と琴葉にこっそり確認した程だった。

（でも、それぐらいじゃないといけないわよね）

上司と恋愛関係になったから、仕事が疎かになった、とは言われたくない。

だから琴葉も八重倉に倣って、社内では以前と同じ態度を取り続けている。彼が甘い恋人に変わるのは、終業チャイムが鳴った後だ。

そんな毎日を送るうちに、二週間が過ぎていた。

「水無」

八重倉に呼ばれた琴葉は、彼のもとへと向かった。八重倉は付箋の付いた資料を琴葉に手渡し、いつもと同じ顔で言う。

「提案会議を予定通り明日の午後一に開催する。資料の準備を頼む」

「はい、八重倉課長」

自席に戻った琴葉は、彼がチェックした資料を見ながら、元のファイルを修正していった。一通り訂正した後、印刷してもう一度中身を確かめる。その間にも、営業が電話口で顧客と交渉している声や、『行ってきます』と出て行く声が部屋に響く。今日は人の出入りが特に激しい。

（八重倉課長も忙しそうだわ）

八重倉は今自席で電話を掛けている。漏れ聞こえる声から推測するに、相手は氷川課長のようだ。最近、この二人が連れ立って外出することが増えていた。どうやら大型の案件が進んでいるらしい。

（そうだ、会議室の確認を……あら？）

会議室の予約状況を示す電子掲示板を見た琴葉の指が止まった。事前に予約していた部屋が、他の名前で押さえられている。琴葉は社内用スマホを手に取り、総務部に連絡した。

「お疲れ様です、営業一課の水無です。明日十三時から第二会議室の予約ですが……ええ、はい」

しばらく押し問答した後、何とか一室を確保できた。外部から協力会社の社員も訪れる会議では、社内用の会議室を使えないので、専用の部屋を押さえるのは一苦労なのだ。

お礼を言って電話を切り、ふうと溜息をついた。

（これで三度目だわ）

予約をするには、部署と名前を掲示板に書き込むことになっている。琴葉の名前で押さえていた会議室の予約がキャンセルされ、他の予約で埋まることがここ最近立て続けに起きていた。

(もしかして……)

琴葉はちらっと八重倉の方を見た。彼は席に座り、音山の話を聞いている。彼女の顧客は元々八重倉が担当していたこともあり、こうして相談を持ち掛けるのも、一課では見慣れた光景だった。

(八重倉課長のことで嫌がらせされてるの?)

営業部内で、八重倉と琴葉が付き合っていることは、すでに公然たる事実として受け止められていた。

八重倉が琴葉に振る仕事量は以前と変わらず、琴葉もそんな彼に恥をかかせるわけにはいかないと、今まで以上に仕事に精を出しているのを見ている同じ部の社員達は、取り立てて騒ぐこともなかったのだが。

(何にせよ、仕事に影響が出るのは困るわよね……)

誰がやっているのかを特定するのは難しい。社員であれば掲示板には誰でも書き込めるし、ちゃんと調べてもらうとなると、掲示板を管理しているシステム部に依頼する必要がある。

(酷くなるようなら、調査依頼するしかないわね)

「水無さん」

考え込んでいた琴葉がモニタから目を上げると、長谷川が琴葉の席の右隣に立ってい た。彼は菓子箱をすっと琴葉に差し出した。

「これ、客先でもらったんだ。良かったら食べて」

蓬色の箱に金色の帯。有名な和菓子店のものだった。こんな高級なお菓子をお土産にくれるなんて、どこの顧客かしらと思いながら琴葉は箱を受け取り、長谷川に笑い掛けた。

「ありがとう、長谷川くん。一段落ついたら、皆に配るわね」

長谷川はやや目を逸らして言った。

「あー……うん、頼むよ」

長谷川は疲れた様子で、琴葉の斜め前の席に座った。琴葉は菓子箱を横に置き、再び作業に集中する。かちゃかちゃとマウスとキーボードを操る音が響く。

(よし、これで調整完了……保存して、と)

ふと壁の時計を見ると、すでに一時間が経過していた。

(あ、経理に行かないと締まっちゃう)

琴葉は慌てて立ち上がり、領収書や伝票類が入ったクリアファイルを持って部屋を出た。月次締めの時期は窓口が込み合うため、早めに出しておかないと処理が遅くなる。

琴葉は早歩きで経理部を目指した。月末近くの経理部は営業部以上に殺気立っていた。

「お疲れ様です、営業部です。これ、お願いします」

「はい、お疲れ様です。そこに置いて下さい」

無事にファイルを所定の籠に置いた琴葉は、そそくさと経理部を後にした。廊下を歩きながら、次の仕事の段取りを考える。

(さっき仕上げた提案資料をメールで送付して、確認してもらったから印刷よね。後は……)

「水無さん」

「え?」

突然声を掛けられた琴葉は、目を丸くして立ち止まった。後ろを振り向くと、一メートル程離れた場所に女性が三人立っている。

カールさせた髪に身体の線がはっきりと分かる明るい色のスーツを着た彼女達は、とても華やかな雰囲気を纏っていた。が、彼女達が琴葉を見る目には、嘲りの色が混ざっている。首からかけているIDカードを見れば、どうやら秘書部の社員らしいと分かる。

琴葉が黙っていると、真ん中に立っている女性が腕組みをして口火を切った。

「いいご身分よね、あなた。あの八重倉課長と付き合ってるなんて」

他の二人も会話に加わった。

「本当、信じられなかったわ。何の取り柄もないあなたが八重倉課長となんて、ねえ？」

「そうよね、仕事だって八重倉課長に迷惑掛けてるって話だもの。同情されてるだけなんじゃないかしら」

「大事な会議だっていうのに、直前まで会議室が用意出来てなかったそうじゃない？　そんなので付き合うなんて、おこがましいわよ」

「ねえ」

矢継ぎ早に浴びせられた言葉の一つが、琴葉の心に引っ掛かった。

どうして会議室のことを知っているのだろう。秘書課の人間も会議室予約は頻繁に行っている。確か一般の社員よりも書き込み権限が上だったはず――

（もしかして、この人達が？）

「……」

　琴葉は表情を変えない。その態度が気に入らなかったのか、彼女達は苛立たし気に言葉を重ねた。

「たかが営業補佐のくせに、やり手の八重倉課長と付き合うだなんて。どうせすぐ飽きられるんじゃないの？　全然釣り合ってないし」

　――釣り合わない。そんなこと、とっくに自覚している。彼女達に比べると、ひざ下三センチの紺色タイトスカートに白のブラウスという、大人しい服を着た琴葉は特に地味に見えるだろう。でもここで、胸に巣食う鈍い痛みを彼女達にさらすつもりもない。

琴葉は睨んでくる瞳から目を逸らさなかった。彼女達は次々と口を開く。

「元々男漁り目的で入社したんじゃないの？　よくあるのよね、営業補佐が営業男子に迫ること」

「あなたの前任もそうだったわよね。彼女は氷川課長にも迫ってたけど」

確かに前任はそうだと聞いていた琴葉は、黙ったまま女性達の言葉を聞いていた。真ん中の女性が再び琴葉を見下すように言う。

「付き合ってるからっていい気にならないでよね。八重倉課長に甘えて手抜き仕事されたんじゃ、皆いい迷惑だわ」

「課長に色々便宜を図ってもらってるのかもね」

（なんですって？）

八重倉が仕事上で琴葉に便宜を図っている？　琴葉はゆっくりと口を開いた。

「……訂正して下さい」

「何のこと？」

白々しい態度を取る女性に、琴葉は毅然とした態度で言い返した。

「私のことはどう言われようが構いません。ですが、八重倉課長を貶めるようなことを言わないで下さい。課長は仕事に私情を挟むような方ではありません」

「なっ」

女性達の頬に赤みが増す。琴葉は「失礼します」と言い、踵を返した。立ち去ろうとした琴葉の耳に、女性達の捨て台詞が届いて来る。

「生意気よね。どうせ課長の気まぐれでしょうに」

「そんなこと言っていられるのも今のうちだけよ。課長にはいい縁談話が来てるって噂だしね」

琴葉がぎゅっと唇を噛んだ瞬間、全く感情の感じられない声がした。

「俺に縁談話など来ていないが？」

「や、八重倉課長⁉」

女性達の焦る声に琴葉が振り返ると、いつの間にか彼女達の後ろに八重倉が立っていた。眼鏡の奥の瞳は静かで、感情が読めない。八重倉が琴葉の方を見て、少し目を細めた。

「水無。もう一つの資料の訂正が終わったら、そっちも俺に送っておいてくれ。チェックが終わったら会議の参加者に配付する」

「……はい」

琴葉は小さく頷いた。八重倉がこちらに向かって歩いてくる。固まってしまった女性達の横を通り過ぎる時、彼は立ち止まって三人を見下ろした。無表情の中にふと見えた怒りに、琴葉の背筋が寒くなる。

「俺と水無が付き合っているのは事実だが、それで業務に支障をきたすようなことはしていない。彼女に手心を加えていると思うなら、本郷部長にでも訴えてもらって構わないが？」

「っ、し、失礼します」

八重倉の声の冷たさに気圧されたのか、明らかに動揺した彼女達は、琴葉を睨み付けてから早足でその場を立ち去った。彼女達の背中が角の向こうに消えたのを見て、琴葉はようやく息を吐く。八重倉は琴葉の隣に立ち、「行くぞ」と声を掛けて歩き出した。

「はい」

琴葉もその後を追うが、隣に並ぶのが躊躇われて、彼の少し後ろを歩いた。すっと伸ばされた背筋が、広い肩が、とても頼もしく見えた。

（庇ってくれたんだ……）

その感動がじわじわと心に沁みてくる。本当に、この人は真面目で面倒見が良くて誠実で……だからこそ。

（もうすぐ別れることになるのに、それが……）

——胸が痛い。こんなにも胸が痛くなるなんて——

「ああいうことはよくあるのか」

前を向いたまま、八重倉がそう聞いてきた。琴葉が痛みを隠して「いいえ」と答えると、そのまま八重倉は黙ってしまう。

営業部の前で、八重倉はぴたりと足を止め、振り返って琴葉をじっと見た。その一瞬、表情を取り繕うことが出来なかった琴葉は、慌てて硬い笑みを浮かべる。八重倉は少し口を開きかけたが、また閉じた。そして首を傾げて、大きな手を差し出した。

「お前、眼鏡のねじが緩んでるぞ。貸してみろ」

「え、は、はい」

そこに外した眼鏡を載せると、彼はスーツの上着の胸ポケットから小さなドライバーらしきものを取り出し、器用に眼鏡のねじを留めた。ぼんやりした視界の中、琴葉は八重倉の手の動きに見とれていた。

「ほら直ったぞ」

「ありがとうございます……工具類お持ちなんですね」

まるで氷川のようだ、と琴葉は思った。あの時落ちた眼鏡を拾って直してくれた氷川もこんな対応をしてくれた。

「俺も眼鏡のねじをたまに締めるから、持ち歩いているんだ。それにお前のは樹脂じゃなく木製だろ？　随分古い型だし、ねじが前より緩みやすくなってるようだから、注意しろ」

琴葉は慣れ親しんだ眼鏡を掛け直して、ふふっと微笑んだ。

「これは亡くなった祖母が使っていたものなんです。レンズを入れ替えれば、まだ使えますから」

コンタクトにしてからも、この眼鏡は大切に持ち歩いていた。ねじ穴が緩めになってきているため、ねじを締める回数も増えてきているが。

「入社面接の時もねじが緩んで落ちてしまって――」

あの時、がちがちに緊張していた琴葉。寝不足で貧血気味になってふらついて、ぺたんと座り込んでしまって。

ねじが飛んで眼鏡が落ちてしまっても、反応できなかったところに『大丈夫か？』と話し掛け、眼鏡を直してくれたのが氷川だった。

（もちろんあの時は、誰かなんて分からなかったけれど）

貧血のせいもあり顔もロクに見られなかった人。

落ち着くまで傍にいようとしてくれたが、『氷川』と他の社員から呼ばれていたから付き添いを断った。

その後、入社してから『氷川』という男性を探すと、営業部のホープの一人だと判明した。あの時から、氷川の存在は琴葉の中では特別――だと思っていた。

（だからって……あんなお願いをしようだなんて、無謀だったわ）

八重倉とこんな関係になった今では、もう氷川のことは優秀な課長としてしか見られない。そんな自分に、思わず呆れてしまう。

「大切に使っているんだな。似合ってる」

八重倉の言葉に、目を丸くした琴葉の耳に、電子音が聞こえてきた。

「あ、失礼します」

八重倉に断り、琴葉は上着のポケットからスマホを手に取った。画面に映っているのは、実家の電話番号だった。

（……お父さん？）

「もしもし、琴葉です」

『琴葉お嬢様？　房代です』

琴葉は目を丸くした。房代は、実家の家政婦だ。

「房代さん？　どうしたの？」

『実は大旦那様が――』

「――えっ……？」

房代の言葉を聞いた琴葉の頭の中は真っ白になってしまった。スマホを持つ手先が強張り、右足が一歩後ろに動く。

ふらついた琴葉の腕を八重倉が掴んだ。琴葉は手短に会話を終えると、血の気の引いた顔を彼に向けた。

「すみ……ません。祖父が倒れたと、連絡が。私……」

琴葉が皆まで言う前に、八重倉は状況を把握したらしい。

「——分かった。すぐに退社の準備をしろ」

「はい、ありがとうございます」

琴葉は呆然としたまま、機械的に自分の席に戻った。

幸い、書類は先程全て提出済みだ。資料を添付したメールを八重倉に送付し終えた彼女は、片付けのためにただ手を動かす。

（おじい様……また発作を起こしたんじゃ）

「水無さん、大丈夫？　なんだか顔色が悪いよ」

長谷川の声に、琴葉は「うん……早退させてもらうわね。書類はもう出したから」と強張った笑みを向けた。長谷川の表情が曇る。

「そんなのはいいから。早く帰りなよ」

「ありがとう……」

ショルダーバッグを持ち、ロッカーから上着を出した琴葉を見た長谷川も立ち上がる。

「送っていくよ。そんな状態の水無さん一人じゃ——」

「大丈夫よ、すぐ」

タクシーでも呼ぶから、と言おうとした琴葉の横に、すっと八重倉が立った。

「俺が送るから大丈夫だ。行くぞ、水無」

「え、あの」

いつの間にかビジネスバッグを持った八重倉が、琴葉の腕を掴(つか)んで歩き出す。しばらくそのまま歩いていた琴葉だったが、エレベーターに乗ったところではたと気付いた。

「八重倉課長、さっきの提案書」

あれは急ぎの案件だったはずなのに。

「提案は氷川に頼んできた。あいつなら内容も分かっているし、大丈夫だ」

「氷川課長に……」

あの短い間に、仕事の算段も全て済ませていたらしい。申し訳ないと思うのと同時に、自分を支えてくれる八重倉の腕が頼もしくて、ありがたかった。

玄関ロビーを出た八重倉は、さっとタクシーを停(と)め、琴葉をタクシーの中に押し込んだ。何とか彼女から聞き出した実家の住所を告げる八重倉の隣で、琴葉は何も言えず、魂が抜けたような顔で座り込んでいた。

＊＊＊

――二時間後。さほど道が混んでいなかったおかげで、思ったよりも早く目的地に到着した。

なだらかな山のふもとの、田園が広がるのどかな風景。長々と続く白壁を曲がり、大きな門構えの前でタクシーは停まった。

八重倉と連れ立って降りた琴葉は、久しぶりに見る実家の門を見上げた。重い木の扉は開け放たれていて、白い飛び石が置かれた小道が母屋まで続いている。よく手入れのされた松の木や石灯篭も変わらなかった。

母屋に加えて蔵まであるこの屋敷は、その昔、華族だった祖先が建てたもので、昭和以降はほとんど増改築していない状態だ。

「武家屋敷か」

その趣ある外観に、八重倉も目を見張っている。琴葉は「はい」とだけ答えた。

門をくぐると、十メートル程離れた母屋の玄関の戸が引かれ、白い割烹着を着た女性がこちらに向かって小走りで近付いてきた。八重倉と琴葉に頭を下げた女性は、琴葉を見て目をすでに潤ませていた。

「お帰りなさいませ、琴葉お嬢様」

「ただいま戻りました、房代さん……あの、こちらは上司の八重倉課長。ここまで送って下さったの」

「初めまして、八重倉です。突然お邪魔して申し訳ございません」

八重倉がお辞儀をすると、房代も頭を下げ、「ようこそおいで下さいました。家政婦をしております、相田房代と申します。どうぞこちらへ」と二人を案内した。

「あの、おじい様の様子は」

焦る琴葉に、房代は「申し訳ございません、お嬢様」と言いにくそうに謝った。

「私が騒いでしまったために、お嬢様にご心配をお掛けしてしまって……大旦那様は」

房代から簡単な状況を聞いた琴葉は、ようやく一息入れることが出来たのだった。


「おじい様、琴葉です」

中庭に面した和室の障子を開けた琴葉は、畳にすっと手をついてから中に入った。

十二畳ある室内の床の間には大きな壺が飾られている。庭が見える縁側近くに布団が敷いてあり、そこに寝ていた老人が顔を左に向けて琴葉を見た。

「……琴葉か」

紺色の筒袖から見える細い腕。筋張って皺だらけの手。

祖父、水無周五郎の枕元に琴葉が座ると、八重倉がその左隣に座った。袷を着た周五郎は、琴葉から彼に視線を移した。

「そちらは？」

八重倉を見る周五郎の目は、鋭さを増していた。琴葉が紹介するよりも先に八重倉は頭を下げ、「八重倉と申します。水無さんの上司です」と挨拶をした。

「おじい様が倒れたって聞いて、私の気が動転していたのを見て、ここまで送って下さったの」

「そう、ですか。わざわざ孫娘をここまで……ありがとうございました」

身体を起こそうとした周五郎を、八重倉が「どうかそのままで」と制止した。琴葉は祖父の顔を覗き込み、少し口を尖らせる。

「房代さんに聞いたわ。かっとなって、息切れ起こして倒れたって。ちゃんと身体のことを第一に考えて下さいって、いつも言ってるでしょう」

「分かっとる。ったく、お前もばあさんに似て口やかましくなってきおった」

そういってむすっと口をへの字に曲げる周五郎に、八重倉が口を開いた。

「……あなたが倒れたと聞いて、水無さんは真っ青になっていましたよ。彼女は弊社の優秀な社員です。ご家族が心配で仕事が手に付かなくならないよう、体調には十分お気を付けて下さい」

「ほう」

周五郎の瞳が八重倉を探るように見ている。

「や、えくら課長」

まさか祖父の前で褒められるとは思わなかった。うろたえる琴葉と表情を変えない八重倉の顔を、周五郎は交互に見比べる。

「琴葉はそちらで上手くやっているようですな。ありがとうございます」

「私も水無さんにはいつもサポートしてもらっています。営業部のメンバーも彼女なしでは回らないと申しておりますから」

慣れない褒め言葉に、背中がくすぐったい。琴葉は話題を変えようと、中庭の方に目を向けた。

「ほ、ほら、おじい様。桜がもう咲いてるのね」

周五郎が左側に顔を向けて口端を上げた。中庭に咲く大輪の八重桜はこの辺りでも珍しい品種らしい。薄紅色の花びらが風に舞っている様子は、ここから見ても綺麗だった。

「ああ、そうだな。今年も見事に咲いた」

縁側に座ってばあさんとよく眺めたな、とぽつりとこぼす周五郎に、琴葉の喉が詰まる。琴葉が高校に入学した年に祖母が亡くなり、落ち込んだ祖父は寝込むことが多くなった。しかし入院を嫌がる祖父は、祖母の思い出の詰まったこの屋敷で最期を迎えたい、と常々言っている。

「失礼します、お義父さん、薬をもらってきましたよ――おや、琴葉。もう着いたのか」

琴葉と八重倉が振り向くと、カーキ色のスラックスにサマーセーターを着た男性が和室に入って来るところだった。

八重倉がすっと立ち上がり、男性に向かって礼をする。琴葉も立ち上がって、にこやかに微笑む父を見た。

「八重倉課長、父です。お父さん、こちらは私の上司で八重倉課長。ここまで送って下さったの」

「それはそれは、いつも娘がお世話になっております。琴葉の父で、水無創と申します」

「八重倉です。こちらこそ、お嬢さんにはいつもお世話になっております」

挨拶を交わす二人を琴葉はじっと見上げた。創もすらりとした体形で年齢の割には背が高いが、八重倉の方が背丈がある。

「ほら、お客様に茶でも出さないか。わしは少し寝る」

上掛け布団を被り直した祖父に、創はくすりと笑った。

「分かりました、お義父さん。では、どうぞこちらへ」

「ええ、ありがとうございます。失礼いたします」

「おじい様、お大事にして下さいね。また顔を出しますから」

ふん、と言いつつ頷いて庭の方を向いた周五郎の部屋を出た三人は、創の案内でリビングへと長い廊下を歩いて行った。

「そうですか、琴葉はきちんと働いているのですね。安心しました。地元での就職は嫌だと家を飛び出したきり、滅多に顔も出さないものですから」

八重倉から会社での娘の様子を聞いた創は、安心したように頷いた。居心地が悪い琴葉は、房代が淹れてくれた紅茶を飲みながら、昔から変わらないリビングを見回してみる。

二十畳近くあるリビングはこの屋敷では数少ない洋室の一つだ。大きなソファには創と琴葉が向かい合って座り、八重倉は琴葉の左隣に座っていた。創が座っている側の壁には作り付けの黒い棚があり、古伊万里の皿や骨とう品が飾られている。

琴葉達の後ろ側にも大きなリビングボードがあり、そちらには精巧なガラス細工が施されたグラスが飾られていた。このリビングにある美術品の多さに驚く客人も多いが、八重倉はいつもと同じ態度だった。

「この前一度帰ったでしょう。それにここ最近は仕事が忙しかったのよ。これからはもう少し来るようにするから」

地元を離れた本当の理由を二人に知られたくなくて、琴葉は口早に言った。

「まあ、この辺りは田舎町ですから、就職先も限られていますしね。若者が都会に出るのも致し方ないと我々の世代は思っていますよ」

創がそう言うと、八重倉は銀縁眼鏡をくいと上げて話に乗った。

「最近、近隣駅前を大きく再開発しようという話が進んでいますよね。それが決まれば、この地域も活性化されるのではないですか？」

おや、と創が目を見張った。

琴葉も八重倉をまじまじと見てしまう。そんな話は初耳だった。

「ご存知でしたか。実は今回、義父が倒れたのも、その話と関係があるのですよ。見慣れない不動産屋がいきなりこの屋敷の土地を売れ、と訪ねて来ましてね。激怒した義父が追い返した後に倒れてしまって」

幸い処置が早く、大事には至りませんでしたが、と創は話を続けた。

「義父は義母と過ごしたこの屋敷を売ることを考えていないでしょうに。一体どこの業者だったのやら」

元華族として有名な水無家のことを知らない地元の人間はいない。おそらく開発に乗じ、他県から来た会社なのだろう、と創は説明した。それを聞き、八重倉は顎に右手を当てて、考え込むような表情をしている。

「……琴葉」

創を見ると、彼は真面目な顔付きをしていた。

「お前がこの家を負担に感じているなら、義父さんや私のことは考えなくてもいい。私達のことはどうとでもなる。お前が向こうで幸せになるのなら、それでもいいと私は思っているんだ」

「お父さん⁉」

驚く琴葉に創は寂しげに微笑み、八重倉の方を見た。

「八重倉さん。琴葉は心優しい子で、私達のことばかり考えてしまうのです。ここに家があることも、この子にとって足枷になっているのでしょう。もし、向こうで琴葉にいお話が来ているのなら、私達のことはお気になさらないよう、どうかよろしくお願いいたします」

（お父さん、一体何を⁉）

八重倉との関係も会社を辞めようとしていることも全く話していないのに、どうしてそんな考えを。呆然とする琴葉の隣から冷静な声が聞こえてきた。

「お父さんのお気持ちはよく分かりました。水無、いえ琴葉さんのことは私が責任を持って対処しますので、ご心配なさらず」

「八重倉課長!?」

つい琴葉が叫ぶと、八重倉はこちらに視線を投げた。どうやら黙っていろ、ということのようだ。琴葉はもごもごと口籠る。

「ありがとうございます、八重倉さん。あなたにそう言って頂けて安心しました」

にっこりと笑う父の姿に、どこか薄ら寒いものを感じた琴葉は、無意識に二の腕を擦っていた。

「お父さん、八重倉課長に何を言う気なのかしら……」

――琴葉。隣の和田のおばあちゃんちまでお使いに行ってくれないか。その間、少しだけ八重倉さんと話しておきたいことがあるんだ。

父にそう言われ、半ば追い出されてしまった琴葉は、房代から風呂敷包みを預かり、隣の家にお土産を渡しに行った。久しぶりに会った話し好きのおばあさんが琴葉を簡単に放してくれる訳はなく――和田家を出たのは、ゆうに三十分を過ぎた頃だった。

実家への小道を歩きながら、琴葉は周囲を見渡した。青々とした田んぼが広がるこの地域の様子は、琴葉が幼い頃からほとんど変わっていない。農業を営む家が多いためか、大きな平屋が間隔を空けて建ち並ぶその風景も、そよぐ風に含まれる緑の香りも、靴底に当たる砂利道の感触も昔のままだった。

「ここが再開発されるなんて、想像出来ないわよね」

八重倉が言っていた再開発計画とは、琴葉達の会社が勝ち取ったという例の大型案件と、何か関係があるのだろうか。

優秀なビジネスマンである八重倉が、大きなプロジェクトの存在をチェックしているのは知っていたが、何の関係もない、こんな田舎町の情報まで把握(はあく)しているとは思えなかった。

(あの家を売るなんて、そんなこと、おじい様がする訳ないわ)

亡くなった祖母はとても優しい人だった。庭の桜の木が好きで、よく縁側で祖父と並んでお茶を飲んでいたのを覚えている。

彼女との思い出深いあの家で生涯を終えたい――それが祖父の願いだ。

父もあんなことを言ってはいたが、元々身体が弱い上に心臓の手術も受けている。慣れた土地を離れるのは、父にとっても負担になるに違いない。

(だからこそ――)

琴葉はきゅっと唇を噛んだ。だからこそ、決めたのだ。祖父や父に知られないように――

「――よう、琴葉。戻って来てたのか」

背中がぞくりと震えた。思わず足もぴたりと止まる。顔を上げると、水無家の門の前に、白いスーツ姿の男性がにやにやしながら立っているのが見えた。外壁沿いに停められた真っ赤なスポーツカーも、彼のものだろう。相変わらず派手好きらしい。ズボンのポケットに手を突っ込んだ智倫が、琴葉に近付いてくる。思わず後ずさりそうになった琴葉だったが、こんな男に弱みを見せたくない、と踏ん張った。

「へえ……しばらく見ないうちに、少し垢抜けたんじゃねえのか？　陰気な地味女が、多少は見られるようになったなあ？」

金色に近い茶髪に、つり目気味の目。そこそこ整った顔立ちではあるものの、舐めるような視線やふてぶてしい表情が、彼の品の無さを如実に表していた。

琴葉の目の前に立った智倫は、じろじろとこちらを眺め回す。

「……どうしてここに？」

「どうして？　じーさんがくたばりかけたって聞いたから、見舞いに来てやったんだろうが」

口元をにまりと曲げる彼に、琴葉は嫌悪しか感じなかった。蛇のようにずる賢くて、執着心の強い男。声を聞くだけで、鳥肌が立ちそうだ。

「婚約者だってのに、連絡一つないなんてつれないよなあ、琴葉？」

にやにや笑いをやめない智倫を琴葉は無言で睨み付けた。すると彼は右手を伸ばし、琴葉の顎をそのまま掴む。ぐいと顎を持ち上げられた琴葉に、智倫が顔を近付ける。

甘ったるいコロンの香りに思わず眉を顰めると、智倫はますます厭らしく笑った。

「へえ？　俺に、そんな態度とってもいいのか？」

それでも琴葉は、この男に弱みを見せたくなかった。目を逸らさず、ただただ智倫を睨み付ける。

「お前みたいな地味女、この俺がもらってやろうって言うんだぜ？　水無の家の名がなけりゃ、お前なんて見向きもされないだろうになあ。しかも、借金だらけときたもんだ」

「……」

「あの家、売っぱらったら……じーさんも持たねえだろうよ。愛着あるんだろ？　こんなぼろ屋敷に。そうならないために、どうすればいいのか……分かってるよな？」

何も言わない琴葉を見て、智倫は顎を掴む指に力を入れた。

「ふん、澄ました顔しやがって。その強がりがいつまで続くか、試してみるか？」

「きゃっ⁉」

智倫の左手が、琴葉の右胸を思い切り掴んだ。優しさなど微塵も感じられない乱暴な動きに痛みを感じ、身体を捩って逃げようとする琴葉を、智倫は逃がさなかった。

「何するのよ、放してっ！」

「へへっ……やっぱりいい身体してるじゃねえか」

「いやっ……！」

智倫から顔を逸らした瞬間、琴葉の身体から彼の手が離れた。よろめきながら、一、二歩下がった琴葉は、そこで視界に入ってきた光景に目を大きく見開いた。

「ぐっ、痛っ、何しやがる、てめえ！」

そこには智倫の後ろで、彼の左手を捩じ上げている八重倉がいた。さらに彼の右手は智倫の首を後ろからぐいと締めているようだ。

「えっ⁉　八重倉課長⁉」

——琴葉は息を呑んだ。八重倉の顔は、恐ろしいほど無表情だったが——瞳だけがギラギラと光っていて、焼き殺しそうな視線で智倫を睨み付けていた。

「女性に乱暴するとは、男の風上にもおけん奴だ」

「ぐえっ」

喉を絞められた智倫が苦悶の表情を浮かべている。

（だめ、このままじゃ八重倉課長に迷惑がっ）

「も、もう放して下さい！　私は大丈夫ですから！」

智倫はこの辺りでは権力を持っている。こんなことをすれば、仕返しとして八重倉に何をするか分からない。琴葉は慌てて八重倉に駆け寄り、彼の右腕に触れた。

八重倉は琴葉をちらと見下ろした後、突き飛ばすように智倫を放す。智倫ははあはあと息を荒らげながら、八重倉に突っかかってきた。

「っ、貴様あ……！　どこのどいつだ!?　琴葉の何なんだよ、お前はっ！」

智倫の視線から琴葉を隠すように前に出た八重倉の声は、あくまで冷静だった。

「俺は八重倉という。水無は俺の部下であり恋人だ。恋人が誰かに乱暴されているのを見過ごす程、俺は甘くはない」

「恋人お!?　お前が琴葉の？」

首元に右手を当てた智倫が、ぎろりと琴葉を睨んだ。琴葉は身体を強張らせたが、視線は逸らさなかった。その様子に、八重倉が右腕で琴葉を後ろに庇う。彼は智倫よりも背が高く、体格もいい。敵わないと思ったのか、智倫はふん、と鼻を鳴らして八重倉から一歩距離を置いた。

「その女は俺のものだ。どう扱おうが、俺の勝手だろ」

智倫が吐き捨てた言葉に、ぴくり、と八重倉の肩が動く。琴葉から彼の顔は見えないが、琴葉の指に当たる彼の腕はひどく強張っていた。スーツ越しに怒りが感じられて、琴葉は思わず息を呑む。

（いや……こんな話、聞かれたくないっ……！）

「……俺の女、だと？」

八重倉の声は低い。智倫は調子に乗ったのか、声を上擦らせながらぺらぺらと話し出した。

「そうさ、こんな地味女をもらってやるのは俺ぐらいだからな。華族の水無の名を受け継ぐってだけしか価値のねえ女だ。お前だって遊びで付き合ってるんだろうが」

八重倉がじり、と智倫の方へと足を向けた。強がりを言っていた智倫が、ひっと短い声を上げて後ずさる。

「これ以上、彼女を侮辱するな」

「ちっ……！」

八重倉の迫力に気圧されたのか、智倫はあっさりと身を翻し、スポーツカーの方へと走って行った。乱暴にドアを閉める音がしたかと思うと、派手な音が鳴り響き、急発進したスポーツカーはあっという間に砂利道の向こうに消え去った。

「……」

車が消えた方向を呆然と見ていた琴葉の両肩を、大きな手が掴んだ。

「大丈夫か、琴葉。震えてるだろう」

「……あ……」

身体を引き寄せられた琴葉は、そのまま大きな胸に抱き留められた。

膝から力が抜ける。張り詰めていた気持ちが、一気に解けていった。

「……わた、し」

自分の脚が小刻みに震えていることにも気付いていなかった。冷え切った琴葉の身体に、八重倉の温かさがじわりと伝わってくる。

「もう、大丈夫だ。安心しろ」

落ち着いた優しい声を掛けられ、琴葉はぎゅっと八重倉の胸元に縋り付いた。

大丈夫――

「やえ、くらか……」

もう大丈夫――

(どう、して……)

どうしてこんなに、この人は優しいんだろう。

「っ、うっ、く……」

込み上げてくる熱いものを喉の奥に押し込めたまま、琴葉は目を瞑り、顔を八重倉の胸に埋めた。スーツの上着に当たって眼鏡が少しずれる。

震える琴葉の肩を抱き締めたまま、八重倉は何も言わず寄り添ってくれたのだった。

「……ごめんなさい、もう大丈夫です」

何とか感情を抑えた琴葉が顔を上げると、八重倉が心配そうな表情でこちらを見下ろしていた。

「あの男は知り合いか？」

琴葉は渋々口を開く。

「……幼馴染です。湯下智倫——この辺りの不動産王の息子で、小学校から高校まで、ずっと同じところに通ってました」

八重倉が片眉を上げた。

「湯下不動産の馬鹿息子、というのはあいつか」

（智倫のことを知ってる？）

琴葉が目を見張ると、八重倉は「噂に聞いたことがある。あの会社には女にだらしのない、跡取り息子がいると」と話した。

「その……昔からあんな風に絡まれていたんですが、祖母が亡くなった後祖父が倒れて……父も心臓の手術をしないといけなくなった時に、彼の父親にお世話になって」

（それであの多額の借金を……）

「それから……彼は……」

声が掠れた。先程の智倫を思い出し、琴葉はぶるりと身を震わせる。そんな彼女を見た八重倉は硬い声で言った。

「お前が地元を出ることを決めたのは、あの男のせいか」

「……はい」

会う度に嫌味を言い、琴葉の友人関係にまで口出ししてくる智倫から離れたかった。そうして逃げるように就職した琴葉に、祖父と父は何も聞かなかった。たまにしか帰らない娘を心配はすれど、『帰って来い』と言われたこともない。

(でも……結局は……)

ぶるぶると頭を左右に振った琴葉は、顔を上げ、八重倉を見て微笑んだ。

「でも、大丈夫です。ああして乱暴な物言いはしますが、今まで暴力を振るわれたこともないですし、彼自身も人目や評判を気にしていますから」

八重倉はじっと琴葉を見つめてきた。琴葉は一歩後ろに下がり、もう一度大丈夫ですと言う。

「……分かった」

八重倉がやや乱暴に前髪を掻(か)き上げた。

乱れたその髪に、心臓がどくんと脈を打つ。眼鏡越しの瞳が、胸を突き刺してくる。

「だが、あの男が何かしてくるようなら、必ず俺に言え。かなり執念(しゅうねん)深そうな男だった。またお前に手出しをしてくる可能性が高い」

「はい」

真面目な顔の八重倉に、琴葉は重い気持ちを抱えて小さく頷(うなず)いた。八重倉が自分を庇(かば)ってくれたことは本当に嬉しい。彼に言えば、今後何があったとしても、きっと何らかの対処をしてくれるだろうと想像もつく。だけど……

（これ以上、迷惑を掛けられないもの……）

あんな嫌な男だが、金と権力だけは持っている。八重倉の評判を落とすことぐらい、智倫には簡単に出来てしまうだろう。

（それだけは避けないと。こんなに仕事に打ち込んでいるこの人の未来を潰させるようなこと、私には出来ない）

――私が、守らないといけない。この人を。おじい様とおばあ様の思い出の場所を。お父さんが安心して暮らせる場所も。

琴葉はぴんと背筋を伸ばした。

「行きましょうか。祖父と父が待っていると思いますし」

努めて明るく言った琴葉に、八重倉は眉を顰め、「ああ」と短く返した。

5　全てを消してやる。だから……

――また是非いらして下さい、八重倉さん。

何故か上機嫌な父に見送られ、琴葉と八重倉は再びタクシーで帰途についていた。琴葉は電車にしようと言ったのだが、「疲れているだろう」と八重倉が譲らなかったのだ。

車内は沈黙に支配されている。恐る恐る左隣を見上げると、八重倉は窓の外を見ながら考え事をしているようだった。

琴葉も反対側の窓の外を流れる景色に目をやる。そこに広がるのはもうのどかな田園風景ではなく、高層ビルが立ち並ぶ見慣れた風景だ。

それを見た琴葉の口から、ほっと溜息が出る。

（やっぱり、緊張してたのね）

琴葉は目を伏せて膝の上に置いた自分の両手を見た。ようやく指先のこわばりが取れてきた気がする。厭らしい手から逃れられたと、やっと実感出来た。

（あの男にハジメテを捧げることにならなくて、本当に良かった……）

あの時力ずくで握られた右胸に痛みが残っている。

さっさとシャワーでも浴びて、あの感触ごと洗い流したい。そうぼんやりと思っているうちに、タクシーが停まった。

「あの」

先に降りた八重倉が琴葉に右手を差し出し、琴葉の左手を取る。すっかり日が暮れ、藍色に染まった空の中、琴葉は金色の光が漏れる八重倉のマンションを見上げていた。

「行くぞ」

引っ張るように大股で歩く八重倉を、琴葉は戸惑いながら早足で追った。繋がれた手は温かいのに、彼の横顔は人を寄せ付けない雰囲気を醸し出している。お互い無言のままエレベーターに乗り、八重倉の部屋を目指した。

そうして部屋に入るなり、八重倉は琴葉を腕に抱き上げた。

「やっ、八重倉課、……んんっ!?」

重ねられた彼の唇は、いつもより熱く性急な感じがした。琴葉の息が上がるまでキスを続けた後、彼は彼女を抱いたまま歩き始める。

すっかり力が抜けてしまった琴葉は、広い胸に大人しく身体を預け、八重倉の心臓の音を聞いていた。大きな鏡のある洗面台の前で下ろされると、彼の手が琴葉のブラウスのボタンを器用に外していく。

「あ、あの!?」

上着とブラウスがするりと床に落ちる。思わず両手で胸を隠したが、八重倉の手に邪魔された。レースの付いた下着の紐をぐっとずらした彼は、ギラギラした目付きで琴葉の右胸を見ている。そこに視線を落とすと、白い肌に赤い痕がいくつか付いていた。智倫に思い切り掴まれた時に付いたらしい。八重倉の頭がすっと下がった。

「ひゃ、ああんっ」

ぴりっとした痛みが胸に走る。八重倉が胸に唇を付け、思い切り吸ったのだ。赤い痕の上に、また赤い花が咲いた。

「つう、っ……！」

いつもとは違う。いつもは優しく触れるのに、今は強く執拗に吸い付いている。柔肌から感じる彼の唇が、舌が、痛くて熱くて、琴葉は目を瞑ってただ身体を小刻みに震わせていた。涙が一粒、ほろりと頬を伝って落ちる。

やがて、唇が肌から離れた。琴葉がゆっくりと目を開けると、ちょうど八重倉が身を起こしているところだった。琴葉を見下ろす彼は、口元を歪め薄らと笑う。

「……全て上書きした」

「えっ……？」

自分の胸を見ると、最初についていた痕がどこだったのか分からなくなるぐらい、大きな赤い痕が付いていた。八重倉の左手が優しく胸を包む。

「もうあの男の痕はお前の身体から消えた。今付いてるのは――俺の痕だ」

どくんと心臓が踊った。この人の痕が身体に付いている、と思うだけで、身体の奥から熱いモノがじわじわと滲み出てくる。

それと同時に、智倫から受けた傷も痛みも、溶けてなくなった感じがした。

下着の肩紐が肩から落ちた。首筋に、今度は優しく唇が当てられる。

「あの男が触れたところも、全て消毒しないとな」

智倫に触られていた時とはまるで違う。肌を優しく撫でられて、その甘さに蕩けてしまいそうになる。

「あ、んんっ……、あん……」

舌と舌を絡み合わせ、男らしい匂いに夢中になっている間に、八重倉の指はするすると薄い布切れを取り除いていった。気が付くと、琴葉の足元に薄布の山が出来ていた。

「あ……」

両手で身体を隠そうとする琴葉の前で、八重倉が手早く服を脱ぎ捨てていく。逞しい彼の身体が露わになると、琴葉は目を伏せた。

自分の眼鏡を取った八重倉は、琴葉の眼鏡も取り去り、彼女の身体を抱き上げる。直接触れた彼の肌は、とてもとても——熱かった。

「今から全て洗い流してやる。だから」

——忘れろ。全て。

その言葉が、琴葉の全てを真っ白に染めた。

「あ、あうっ……！」

胸の双丘を後ろから掴まれ、琴葉はぶるりと身体を震わせた。シャワーの温水が白い肌に当たり、そのまま太腿を伝ってタイルの床へと流れ落ちていく。立っていられなくてバスルームの壁に手を付いた琴葉を、背後に立つ雄がそのままにしておく訳もなく。

「もうここも濡れてるのか」

彼の右手が太腿の内側を彷徨う間、左手はそのまま胸の蕾を弄んでいた。長い人差し指で、濡れた柔肌を擦られて、琴葉はまた甘い声を上げた。

湯気の立ち込める密室で、シャワーの音と琴葉の声が混ざり合って溶ける。背中に触れる彼の肌も濡れ、滑らかに淫らに動いていた。

「あんっ、やあっ……感じすぎちゃ、あああんっ」

くすりと耳元で彼が笑う気配がした。首筋から背中を舐められ、ぞわりと鳥肌が立つ。くるりと身体を左に半回転させられた琴葉に、彼が命令を下した。

「琴葉。前を見てみろ」

「え……っ……?」

ぼうっとしながら前を見た琴葉は、思わず目を見開いた。

そこにあったのは、等身大の鏡。琴葉の右肩に彼が顔を埋めて前を見ている。彼の左手は胸を掴み上げ、右手は淡い茂みの中で動いている。

絡み合う柔らかな身体と硬い身体。彼の手が自分の肌を這うのを真正面から見せられた琴葉は、「いやあっ」と叫んで視線を逸らそうとした。

だが、いつの間にか胸を離れた左手が琴葉の顎を掴んで上にあげ、そのまま琴葉の身体を一歩鏡に近付ける。

「見ろ、琴葉。今こうしてお前を抱いているのは誰だ？」

声と同時に、濡れた襞を指で擦られた。膝から力が抜け、後ろの彼に寄り掛かる形になる。

鏡の中の自分は、見たことのない顔をしていた。頬は上気し、唇は半開きのまま。目の焦点が合わない。

「あっ、ひっ……あああっ！」

指が小さな花芽を抓む。ぴりっとした刺激が走り、一瞬視界が白く染まった。そのまま茂みを掻き分けた長い指が、蜜が零れ出ている入り口の辺りをゆるゆると擦り始めた。

「はっ、はあっ、ああっ」

「お前を抱いているのは誰だ？」

後ろから聞こえる声に少し冷酷さが混ざっている気がする。琴葉は喘ぎながらも、何とか声を出した。

「あっ、り、くさ……んっあああっ」

濡れた襞に彼の塊が押し付けられた。ゆっくり動き始めた楔は、中には入らず内腿の柔肌を擦り続ける。

知らず知らずのうちに、琴葉の腰は彼の動きに合わせて揺れていた。楔に擦られた花びらから透明な蜜が溢れ出て、温水と混ざって肌を伝い落ちていく。

「いや……あ」

身体の奥が熱い。そこを埋めて欲しい。欲しいのに、肌を擦るばかりでナカに入ってくれない。ひくひくと動く襞は、今か今かと彼が入って来るのを待っている。なのに、彼は焦らすように腰を揺らすだけ。

琴葉の目から涙が零れたが、シャワーと混じり合って分からなくなった。

「前に手を付いて、腰を出せ、琴葉」

琴葉は言われた通り、鏡に両手を当て、腰を後ろに突き出した。彼が一歩後ろに下がると、鏡に黄色い小袋を口に咥える彼の姿が映っていた。

用意を終えたのか、再び彼が琴葉に近付き、大きな手で臀部を掴んだ。

「あ、あああああっ！　あうっ」

ずぶりと一気に熱い塊が埋め込まれた。後ろから突かれると、敏感な場所に膨らんだ先端が当たる。ぐりぐりと押し込まれる感触に、気が遠くなった。求めた熱い昂りを与えられた襞が一気に奥へと締まる。

「あ、ああああっ――あんっ！」

陸に打ち上げられた魚のように跳ね、背中を仰け反らせた琴葉に、彼が意地悪く囁いた。

「お前のナカは俺のを咥え込んで締まっている。挿れただけで感じてるのか？」

足元がよろめいた琴葉は身体を支えようと、鏡に付いた手を少し下に移動した。

臀部を掴む彼の指に一層力が入る。シャワーの水音の中、肌と肌が打ち付けられるぱんぱんという音もバスルームに響いた。奥まで響く振動に、琴葉はすぐに耐えきれなくなる。

「あっ、あっあ……ああああんっ！」

激しい彼の動きに、あっという間に琴葉は軽くイッてしまった。それでも彼の動きは止まらず、敏感になっている蜜壺を突かれ続けた琴葉は、何度も掠れた声を上げる。

「やっ、あんっ、は、あああんっ」

「忘れろ、琴葉。お前を抱いているのは俺だ――あの男じゃない」

もう琴葉の中には智倫の欠片も残っていない。あるのは、激しく動くこの人の熱さだけ。

「りく、さんっ……あうっ」

何もかもが気持ちいい。

下を向いて揺れる胸を彼の手が掴み取る。厭らしい音を立てながら彼が蜜壺を掻き回すと、白くねっとりとした泡が入り口近くに溜まっていた。

「あっ、あんっ……はあああああんっ」

　びくんと大きく腰を揺らせた琴葉の身体から力が抜ける。一度楔を引き抜いた彼は、大きな手を琴葉のウェストに回し、ぐったりとした身体を支えた。

　そのまま後ろを向かされた琴葉は、ゆっくりと下に座らされる。

「あんっ」

　彼の太腿を跨がされ、正面で向かい合う形に座った琴葉に、まだ硬さを保っている楔がゆっくりと入って来る。

「あ、あ、あっ」

　後ろからとはまた違う角度でナカを擦られた琴葉は、小刻みに身体を震わせた。

　彼の瞳は妖しく輝いて琴葉を見つめている。その瞳に魅入られた琴葉は、何も言えずにただ見つめ返していた。

「全て消してやる。……だから、忘れろ。いいな」

「陸……さん……はうっ!?」

　彼が腰を突き上げて来た。真下から入って来る刺激は、前からとも後ろからとも違っていた。

「あっ、あっあっあっ」

　彼の肩に手を置いた琴葉の胸に、彼がむしゃぶりついてくる。腰を掴んで持ち上げて落とす、その動きを繰り返す大きな手。

「あっ……あう、んっ……！」

苦しい。息が出来ない。感じすぎて、痺(しび)れてしまう。

はくはくと口で息をする琴葉を見る彼の口も、半開きになっていた。荒い息が彼の口から漏(も)れる。

「ああっ、あんっ、は、あうっ……あああああああっ！」

「——あ、っ！」

再び琴葉が頂点に達した時、彼も同時に被膜の中に欲望を吐き出した。

琴葉は彼の胸にもたれかかり、そのまま気を失ってしまった。

ぼんやりと目を開けると、白い寝室の天井が目に入った。隣にはもう温かさはない。

ゆっくり起き上がると、広いダブルベッドに琴葉一人だった。何も着ていない肌に付けられた赤い痕(あと)に、頬が熱くなる。

（やだ……）

あれから何度イかされたのか、琴葉は覚えていなかった。

『お前の肌を隅から隅まで洗ってやる』

姿見の前で、琴葉は椅子に腰かけた彼の膝に座らされた。淫(みだ)らな動きをする両手が琴葉を捕らえ、ボディソープの白い泡が琴葉の肌を覆(おお)っていく。

肌の上を丹念に滑るのは、後ろから回された陸の両手だ。洗うと言っておきながら、その手は胸の膨らみばかりを丹念に撫でさすっている。

『あっ、やあんっ……りくさんっ』

彼の右手が、胸からくびれたウェストへと下りる。お腹周りにくるくると円を描いた後、柔らかな茂みに泡を盛る手に、琴葉はまた彼の名を呼んだ。茂みの中も丹念すぎる程洗われた琴葉は、ぐったりと彼の胸板に背を預けてしまう。お尻の部分に固く盛り上がった彼自身を感じ、ますます身体の奥が熱くなる。

やがて温かなお湯の粒が琴葉の上に落ちてきた。右手に持ったシャワーで泡を洗い流した彼は、琴葉の膝裏に手を入れて脚を引き上げ、そのまま太腿を大きく左右に開く。

『見ろ、琴葉』

『え……っ……!?』

八重倉の膝の上でM字開脚した自分の姿が姿見に映っている。薄い茂みの中、赤く染まった襞がぱくりと割れた部分までがぼんやりと見えた。

『や、いやっ……！』

恥ずかしくて目を逸らした琴葉に、八重倉が後ろから低い声で囁いた。

『ここが俺を欲しがってるのが分かるか？　ひくひくと物欲しそうに動いている』

『ああっ、あんっ』

耳たぶを甘噛みされた琴葉が呻くと、彼は右手を膝裏から離した。琴葉の右太腿が、彼の膝の上に落ちる。その右手が、今度は太腿の内側に上から滑り込み、茂み全体を覆った。

『あ、ひあっ』

彼の人差し指が、さっき見せられた襞の間につぷんと埋まる。それだけで、琴葉のナカは嬉しそうに動く。纏わり付く肉襞の感触を味わうように、指がゆっくりと出し入れされた。

『あ、あああんっ……あ、あ』

またあの感覚が襲ってくる。甘くてむずむずして熱くて焦れったくて、いつの間にか、琴葉の腰は指に合わせて小さく前後に動いていた。

――足りない。これだけじゃ、足りない。もっともっと……

『俺が欲しいなら、そう言え。何度でも欲しがるだけ与えてやる』

『あっ……』

奥に、もっと奥に。疼いているところを埋めて。早くこの渇きを癒して。もっともっと――

『ほ、しい……の……』

琴葉が小さくそう言うと、彼は指を琴葉から抜き、そのまま両手で臀部を掴んで琴葉を上に持ち上げ、そのまま下に……

「～～～～!!」

思い出しただけで、また体温が上がりそうだ。琴葉は両手でぱちんと頬を叩いた。

（と、とりあえず、陸さんを探さないと）

ベッドサイドに並んで置かれた二つの眼鏡がぼんやり見えた。自分のそれを取り上げ、そっと耳に掛ける。

きょろきょろと辺りを確認すると、琴葉の衣服は見当たらなかったが、八重倉が着ていたワイシャツがベッドの足元に置かれているのに気が付いた。

手を伸ばしてワイシャツを手に取り、恐る恐る羽織ってみる。ほんのり香る八重倉の匂い。さらりとした感触が肌に心地よかった。

（ちょっと借りてみよう……）

長い袖を捲り、ボタンを上から留めていた琴葉の手が、ふと止まった。左ウェストの下辺りに、薄いブルーで刺繍が施されてあるのが見える。

「『R．H．』……？」

イニシャルで『R．H．』と言えば――氷川凛久の顔が琴葉の頭に浮かんだ。

「氷川課長からもらったのかしら？」

二人の背格好はよく似ているから、多分ワイシャツも同じサイズだろう。そんなことを考えながら、一番下までボタンを留めた。ベッドから下り立ってみると、ちょうど太腿の半分ぐらいのところまでが隠れる格好になっている。ワイシャツだけでは心許ないが、他に着る物が見当たらないのだから、仕方がない。

琴葉は寝室のドアを引いて開け、リビングへと足を踏み入れた。ソファセットの向こう側、上半身裸の八重倉が、こちらに背を向けて広いガラス窓の傍に立っている。

後ろから近付いて声を掛けようとした時、八重倉がスマホに向かって話をしているのが聞こえた。

「……ああ、例の件だ。氷川の本社に確認してくれ。あのお——」

振り返った八重倉の声が途切れた。琴葉の胸もどきんと高鳴る。

均整の取れた上半身に、乱れた髪。琴葉を見つめる熱い瞳にも男の色気が溢れていた。

思わず手を伸ばして、張りのある肌に触れたい衝動に駆られる。

「また、連絡する。じゃあ、頼んだぞ」

スマホを切ってズボンのポケットに突っ込んだ八重倉は、琴葉の腰に手を回すとぐいと身体を引き寄せた。

「陸さ……っ」

熱い唇を重ねられた琴葉は、それ以上何も言えなくなった。琴葉の唇を舐めた不埒な舌が、左耳に差し込まれる。

「んんっ」

薄いシャツの上から胸の丸みを掴まれた琴葉の腰は、彼を誘うように揺れていた。耳元で囁く彼の声は少し掠れている。

「お前、俺を煽り殺す気か。……俺のワイシャツだけ着てるとか、エロ過ぎる……」

「んっ、だって……着る物が、なくて……んんっ」

琴葉の唇を貪った八重倉は、さっと彼女を抱き上げた。そのまま革張りのソファに下ろした琴葉の上に、熱い身体を被せてくる。

逞しい背中に手を回した琴葉は目を閉じて、仕掛けられた甘く激しい口付けに身を委ねる。ぴちゃぴちゃと唾液が混ざり合う音がリビングに響く。自分から彼の舌に舌を絡めると、互いが擦れ合う快感に琴葉はすっかり蕩けてしまった。

ワイシャツの裾から八重倉の指が侵入してくる。しっとりと濡れた茂みを触った彼は、満足気に微笑んだ。

「もうこんなに濡らしてるのか。ああ、ここも赤く色付いてるのが分かるな」

硬くなっていた胸の蕾をワイシャツ越しに指で挟まれた琴葉は、びくんと身を一度震わせた。八重倉が身を屈め、薄い布越しに透けて見える左の赤い蕾をかりと噛む。

「んああっ」

彼の唾液で濡れた布が、胸にぴたりと張り付いた。右胸も口に含んで吸った彼は、琴葉を見下ろし妖艶に微笑む。

琴葉が視線を下に向けると、濡れたワイシャツを持ち上げて硬くなっている二つの蕾がはっきりと見えた。かっと頬が燃えるように熱くなる。

「は、ずかし……っ……」

「何故だ？　こんなに綺麗に色付いているのに。……お前が俺のせいで紅色に染まるのが、堪らない」

上気して震える肌も、甘い吐息も、この人が与えてくれる焼け焦がれそうな快楽を待っている。

「陸、さんっ……」

「……それから、ここも染まってる」

「あっ……あああっ！」

彼の頭が下がり、ふっと茂みに温かい息が吹きかけられた。白い脚は自然と彼を受け入れようと開く。琴葉の右脚を曲げた彼は、甘い香りを放つ花びらに顔を埋めた。

「は、あっ……あ、あう、んっ……あああああっ」

また彼の舌がぴちゃぴちゃと厭らしい音を立てる。蜜を湛えた入り口に舌が差し込まれた時、琴葉は大きく腰を反らした。

「あああっ、あんっ……ひゃ、あああんっ」

花びらを唇で挟まれ、優しく吸われる。舐められても舐められても、尽きずに蜜は奥から流れ出てきた。

やがてぷくりと立ち上がった花芽に、彼がちゅっと音を立ててキスをした。

「ああ、あああああああっ！」

それだけの刺激で、琴葉の頭の中は真っ白に焼き切れてしまった。白い喉を晒け出し、大きく身をくねらせた琴葉に、彼の舌はまた激しく攻め立ててきた。

「や、やあっ、もう、イったの、にっ……あああんっ」

「何度でもイけばいい。お前の匂いも味も、俺だけのものだ」

敏感になった花芽も襞も、ほんの少しの刺激で高みに押し上げられてしまう。思わず彼の頭に手を載せ、髪を掴んで抗議しても、彼の唇と舌は琴葉の蜜を求め続けたままだった。

「あっあっ……ああんっ……あああああっ」

琴葉の髪が汗で首筋に張り付いた。曇った眼鏡を彼の指が取り去ったことにも、快楽に流されていた琴葉は気が付かなかった。

「や、やあああんっ、も、う……っ……あああっ」

舌と唇で何度もイかされた琴葉が、あまりの快楽に気を失いそうになった時――どくんと蠢く蜜壺の奥に、ようやく彼の熱くて硬い欲望が差し込まれた。とろとろに蕩け切った琴葉の身体は、すんなりと彼を受け入れている。

「あっんんんっ……あっあっああっ……そこ、だめ、だめえ……っ……！」

何度も激しく奥を突かれ、もう何も考えることが出来なかった。

彼は琴葉がよがる個所を全て把握している。彼の男らしい匂いさえ、琴葉をくらくらと酔わせてしまう。

「琴葉……っ……！」

「あっああっ、あ、はあんっ、あああああああーっ！」

二人がほぼ同時に達した後、琴葉はまたぐったりと気を失ってしまったのだった。

6　ごめんなさい、あなたのことが好きです。

祖父が倒れたと聞き実家に戻ってから一週間後。琴葉は相変わらず忙しい毎日を送っていた。電話で聞いた祖父の状態もまずまずといったところで、安心して仕事に取り組んでいる。

「水無さん。この提案書、綺麗に整理してくれてありがとう。お客さんにも分かりやすいって褒められて、無事案件ゲット出来たよ」

外出先から戻って来た長谷川に声を掛けられ、彼が手にしているカラーの提案書を見た琴葉は、ふふっと微笑んだ。

「お役に立てて何より。でもそれは、長谷川くんが頑張って訪問を続けていたからでしょう?」

会社から遠い郊外の工場まで彼が足繁く通っていたことは、琴葉も把握していた。きっとそんな誠実さが、顧客に見込まれたのだろうと思う。

「それだけじゃないって。俺資料まとめるの下手だからさ、いつも水無さんに頼ってしまうけど——本当、助かってるよ」

短い髪を掻き上げつつしゃべる長谷川を見て、琴葉の胸の中に充実感が湧いてきた。

「ありがとう。そう言ってもらえると嬉しいわ」

仕事にやりがいを感じるのは、こんな時だ。営業補佐の琴葉が顧客に直接出向く機会はない。でも、こうして営業の手助けを出来ることが、誇らしいと思う。

「あのさー……、それで」

やや声を落とした長谷川が、身を屈めてぼそぼそっと言った。

「お礼に今日、ランチでも奢りたいんだけど……ダメかな?」

「え?」

琴葉は目を丸くした。今回の案件は確かに大きいものだったけれど、自分のしたことといえば長谷川のメモを元に資料をまとめただけだ。

「別にそんなに気を使わなくても」

と遠慮する琴葉に、「あら、たまには同期同士、ランチに行くぐらいいいんじゃない？」という声が左隣から降ってきた。

「音山さん⁉」

琴葉が音山の方を見ると、彼女はどこか面白がっているような表情をしている。

「そうそう、たまにはいいだろ？　じゃ、ランチの時に声掛けるから、またな！」

「は、長谷川くん⁉」

右手を軽く上げた長谷川は、またどこかへと移動してしまった。

琴葉は溜息をつき、音山に向かい合う。黒のスーツ姿の音山も、これから外出なのか、バッグの用意をしていた。

「……音山さん。何か面白がってませんか？」

「あら、そんなことないわよ。まあ、たまには彼にもいいことがあってもいいんじゃないか、って思っただけ」

「いいことって、外でランチをとることがですか？」

当然のことをしただけなのにいいのかしら、と気にする琴葉に送られる、音山の視線は生温い。

「課長も今日は一日外出だし、ちょうどいいじゃない。じゃあ、楽しんで来てね」

それだけ告げると、音山は颯爽と部屋を出て行ってしまった。琴葉は再び溜息を一つ落とした後、取り掛かっていた仕事に戻ったのだった。


「ありがとう、長谷川くん。美味しかったわ」

石畳の歩道を歩きながら、琴葉は隣の長谷川にお礼を言った。長谷川が「いや、喜んでもらって良かったよ」と照れたように笑う。

長谷川が琴葉を連れ出したのは、昼休み少し前のこと。「ちょっと歩くから、早めに出よう」と誘われた彼女は、早めの昼休みを取ることにした。

彼が選んだのは、有名フレンチレストラン。夜はなかなかの値段がするが、ランチタイムはお手頃価格とあって、かなり人気の店らしい。長谷川が如才なく予約してくれていたおかげで、並ぶこと無くゆったりとランチセットを楽しめた。

締めのスイーツの余韻に浸りつつ、二人は他愛ない話をしながら会社への道を歩く。

「あの、水無さん」

そんな時、長谷川が真面目な顔をして言った。

「その、八重倉課長……とは、上手くいってるの？」

「え……え、まあ」

琴葉はかっと熱くなりそうな頬を何とか誤魔化しながら、小声で答えた。

八重倉はいつも琴葉に優しい。仕事中の彼は厳しいが、二人きりでいる時は琴葉を思い切り甘やかしてくる。昨日の夜だって――

(きゃああああああ！)

思い出したらだめだ。飛び切り甘くて、蕩けるような時間を過ごしたことを。あの低い声を、熱い肌を。

(ううう……)

黙ってしまった琴葉を、長谷川はじっと見つめていた。その視線が痛くて、琴葉は思わず俯いてしまう。

(ああ、でも――)

甘さの中にもつきんと痛みが走る。この関係がずっと続く訳じゃないのに、それを八重倉に伝えられないでいる。彼は何かあったら俺に言え、と言ってくれたのに。

(でも)

今だけ、今だけなら、もう少し――もう少しだけ、このままで――

「水無さん？」

はっと我に返った琴葉は、怪訝そうな顔をしている長谷川に視線を戻した。

「な、何でもないの。心配してくれたのね、ありがとう」

だが、長谷川の表情は微妙に歪んでいた。

「あのさ、俺」

一呼吸置いた後、長谷川は口を開いた。

「俺、水無さんのこと――入社した頃から、ずっと好きだったんだ」

「えっ？」

琴葉は息を呑んだ。思わず立ち止まって呆然と長谷川を見上げると、彼は照れたような、少し寂しそうな表情を浮かべていた。

「なかなか、好きだって言えなくてさ。言ったら、今までみたいな気安い関係じゃなくなってしまう――そう思って。だけど、八重倉課長と付き合ってるって聞いて、玉砕する覚悟で告白する勇気が出せたんだ」

「長谷川……くん」

彼が色々とこちらに気を使ってくれるのは、仲の良い同期だからとばかり思っていた。自分のような地味女を好きになってくれる人なんて、いないと思っていたから。

「全然……気が付いてなかった。ごめんなさい……」

頭を下げる琴葉に、気にしなくていいよと長谷川が笑った。

「そうだろうなあと思ってた。それに、八重倉課長が相手じゃ敵わないよ」

ぽりぽりと人差し指で頬を掻く長谷川も、女性社員からの評判は高い。若手営業の中ではエース級だし、スポーツマンで明るく優しい性格だ。きっと彼のことを好きな人は社内にもたくさんいるに違いない。

「謝らなくていいから。八重倉課長なら、きっと水無さんのこと大事にしてくれるだろうし、安心だ」

いつものように笑う長谷川を見て、ずきんと胸が痛む。いずれ八重倉とも別れるつもりでいる自分は、こんなことを言ってもらう資格なんてない――

「よぉ、琴葉。ここにいたのか、探したぜ」

不意に背後から掛けられた声に、琴葉の背中が強張った。先に振り向いた長谷川が、目を見開いている。それに釣られて、琴葉もゆっくりと後ろを振り返った。

五メートル程離れたところに、にやにや笑いを浮かべた智倫が立っていた。

黒いスーツ姿の彼の右の二の腕には、身体の線を露わにしたミニスカートワンピースの女性が纏わり付いている。真っ赤なネイルをした彼女の指先が動くと、細い手首に嵌められた太い金のブレスレットがしゃらんと音を立てた。その女性が馬鹿にしたような目で、琴葉をじろじろと見回している。

「知り合いか？」

長谷川が小声で琴葉に尋ねてきた。琴葉は小さく頷き、一歩前に出て智倫を睨み付けた。

「……何の用ですか。もう社に戻らないといけないのですが」

「お前に話があって来た。少し付き合えよ」

琴葉は一呼吸置いた後、長谷川に「先に戻っておいてもらえる？　私……少し遅くなるかもしれないから」と告げた。長谷川はちらりと智倫の方を見て、眉を顰（ひそ）める。

「大丈夫なのか、水無さん。俺も一緒に……」

長谷川にも話を聞かれたくない。琴葉は横に首を振り、少しだけ笑って見せた。

「私は大丈夫。ちょっと話をするだけだから。それに長谷川くんは、午後から客先で大事な会議があったはずでしょう？」

長谷川はまだ迷っているようだったが、琴葉は彼の背中を押して、「本当に大丈夫。お願い、先に帰って欲しいの」と頭を下げた。長谷川は渋々といった感じで、「分かった。……気を付けて」と言うと、智倫達に会釈（えしゃく）して歩き出した。その背中を見送った琴葉は、彼の姿が角を曲がって見えなくなると智倫に向き直った。

「……それで？　私も仕事があるから忙しいんだけど」

女性が猫のような瞳をすっと細めた。

「智倫にそんな台詞（せりふ）言うなんて、生意気じゃない？　どこがいいのよ、こんな眼鏡女」

智倫が女性の肩に手を回し、「まあ、落ち着け。これでも俺の婚約者だからな」と嫌味っぽく答えた。ますます女性の目が吊り上がる。琴葉はぐっと右手を握り締めた。

「琴葉。お前の上司で恋人だって言ってた、例のいけ好かない男――八重倉とか言ったな？」

どくん……と心臓が嫌な音を立てる。こちらの動揺を見せてはいけない。琴葉は表情を変えずに智倫の次の言葉を待った。

「あいつ、営業部の課長なんだってな。結構評判良かったぜ？　……そんな社員を会社も失いたくはねえよなあ」

ひゅっと琴葉の喉が鳴った。智倫のにやにや笑いをぶん殴りたい衝動を何とか抑え、声を絞り出した。

「失うって、何を言ってるのよ。八重倉課長は営業部のエリートよ」

智倫の瞳がぎらりと光る。

「だが、株主で大手取引先の湯下不動産からクレームが入れば……どうなるか、分かるよなあ？」

「株主⁉」

思わず声を上げると、智倫はからからと高笑いをした。

「ああ、俺を馬鹿にした奴を、そのままにはしておけねえからな。あれからお前の勤務先の会社の株、買い占めてやったんだよ。あそこも不動産業がメインの会社だから、うちの子会社化すれば一石二鳥だろ？　元々親父のところに、共同で土地開発をしないかって話もあったみたいだしなあ」

　血の気がさあっと引いていく。顔を強張らせた琴葉に、「あらやだ、怖い顔しちゃって」と女性がくすくす笑った。

（だから、八重倉課長は智倫のことを知ってたの⁉）

　八重倉は、琴葉の地元で大型開発が、と言っていた。公にはなっていないけれど、課長クラスの八重倉は共同開発について内々に知らされていた可能性はある。

「そんなビッグプロジェクト、あいつのせいで潰れたってなれば……降格どころか、クビなんじゃやねえの？」

　かっとなった琴葉は、智倫に詰め寄り、きっと見上げた。

「何言ってるのよ！　八重倉課長みたいに誠実な人はいないのよ⁉　あなたの言うことなんか、誰が信じるものですか！」

　その時口端をにいと上げた智倫の顔は、肉食獣のようだった。ひらひらと振る節くれだった左手の、金色の高級時計がやたらと目につく。

「大株主の息子の婚約者に手を出したばかりか、それを咎めた俺にまで暴力を振るった――これだけで、十分処分の対象になるだろ？　まだ身体痛てえし」

　くらりと琴葉の身体が揺れた。智倫の言葉が、重く琴葉に圧し掛かってくる。

（この前のことを根に持って、八重倉課長を……？）

「えー、大丈夫？　智倫」

女性が真っ赤な唇を尖らせると、智倫が「お前に看病してもらおうか」と女性の腰に手を回す。やたらとべたべたする二人の様子など、もうどうでもよかった。表情を無くした琴葉に、得意げな智倫の声が聞こえる。

「暴力沙汰でクビになった男なんざ、次に雇う企業もねえよなあ。残念だよな、仕事が出来ると評判だってのに」

（そんな……八重倉課長が……）

——私のせいだ。私が付き合うって言ったから。私を庇ってくれたから、こんなことに巻き込まれたんだ。

ふらつきそうになる足に、琴葉は何とか力を入れた。

「まあ、お前が大人しく従うって言うなら、考えてやってもいいんだぜ？」

琴葉はのろのろと顔を上げた。嗜虐的な色がちらつく智倫の瞳に吐き気がする。

「従う、って」

智倫が猫なで声でゆっくりと告げた。

「会社辞めて地元に戻って来いよ。お前だって、もういい年だろ。そうしたら籍入れてやるよ……俺は優しいからな」

「ちょっとぉ、智倫ー？　私はどうなるのよ？」

不満げな顔をした女性が智倫に身体を擦り寄せ文句を言ったのも、「お前は可愛い女だからな、こいつと違って。ちゃんと面倒見てやるよ。甲斐性のある男だろ、俺は」と智倫が囁いたのも、「お飾りの奥さんなんて、カワイソー」と女性が馬鹿にしたように言ったのも、すでに琴葉の耳には入っていなかった。

この男と夫婦になる。覚悟していたはずなのに、身体が震えそうになる。ぎゅっと自らを抱き締めた琴葉は、小声で言った。

「……どうして、私、なんかを」

散々地味女だと馬鹿にしてるくせに、どうして。その思いを読み取ったのか、智倫はますます厭らしく笑った。

「華族の血も引く水無家……それが成り上がりの俺んちに屈するんだぜ？　今まで俺らを馬鹿にしてきたお前らをようやく見返してやれるんだ、お前みたいなつまらない女でも我慢してやるってもんだ」

「馬鹿になんて」

そんなことはしていない。そう言おうとした琴葉の顎を、智倫の右手が掴んだ。指に力を入れられた琴葉は、痛みに眉を顰めながらも智倫から視線を逸らさなかった。

「お前の母親……俺の親父をこっぴどく振りやがったのを知らねえのか？　成り上がり

の親父なんかに嫁げない、とか言いやがって」

「なんですって⁉」

琴葉が小学校に上がってすぐに亡くなってしまった母。病気がちで臥せっていることが多かったが、優しい人だった。白く細い指で頭を撫でてくれたことを覚えている。そんな母が、人をこっぴどく振るだなんて、そんなこと。

「そんなこと母が言う訳、きゃっ⁉」

いきなり突き飛ばされた琴葉は、バランスを崩して尻もちをついた。眼鏡が地面に落ちて、視界がぼやける。

それを見て、「やだあ、カッコ悪ーい」と女性がせせら笑う。膝をついて手さぐりで探し当てた眼鏡を掛け直す琴葉を、智倫は締まりのない笑みを浮かべて見下ろしていた。

「お前には十日の猶予を与えてやる。その間に手続き済ませて戻って来なければ……分かってるよな？　琴葉。じーさん達も、あの屋敷追い出されたら困るんだろ？」

「っ⁉」

ぞくりと背筋が震える。そんなことになったら、今寝込んでいる祖父はどうなるのか。

やっと落ち着いた父は。そして、八重倉は。

「いいか、余計なこと言うなよ。少しでも誰かにバラしたりしたら、速攻あいつをクビにするよう親父に言ってやるからな」

そう脅した智倫は、けらけらと馬鹿にしたように嗤った。

「その野暮ったい眼鏡、俺の前では外しておけよ。地味な顔が余計に地味になるだけだぜ」

身体を硬くしたまま、何も言えない琴葉を一瞥した智倫は、「待たせたな。飲みに行こうぜ」と女性を連れて踵を返した。きゃっきゃとはしゃぐ女性の声が聞こえなくなり、二人の姿が見えなくなって初めて、琴葉はその場にぺたんと座り込んでしまう。

（八重倉課長が……クビ……？）

机で一心不乱に仕事をしている彼の姿が目に浮かぶ。長谷川に指示を出し、顧客に向かう姿も。いつも真面目で、真摯に仕事に向き合っている彼の背中を、ずっと見つめていた。顧客や部下からの信頼も厚い。そんな彼を辞めさせる、なんて。

（そんなこと……！）

社長だって、部長だって、八重倉のことは高く評価しているはず。そんな簡単にクビだなんて、そんなこと出来る訳が……

（智倫なら……やりかねない）

智倫の陰険さは自分が身を以て知っている。

巨大プロジェクトが台無しになったら、八重倉がその責任を取らされるかもしれない。クビにならなくても、引責辞任はあり得る。あることないこと噂にされたら、彼はどうなる……？

（そんなこと、させられない……！）

自分のせいで彼の将来を潰すなんて、出来ない。智倫のターゲットは琴葉だ。自分さえ言うことを聞けば、祖父も父も平穏な日々を過ごせて、八重倉だって。

（私、さえ）

そう、彼とは元々別れるつもりだった。その時期が早まっただけ。

包んでくれる優しさが嬉しくて、甘えてしまっていたけれど、こうなるのも時間の問題だったんだ。そう思えばいい。

琴葉はのろのろと立ち上がり、スカートについたほこりを払った。ストッキングが伝線していたが、気にせず歩き出す。会社に戻る足は、自然と速くなった。

（今日なら）

八重倉は一日外出だ。『帰りも遅くなるかもしれない』と今朝言っていた。部長は席にいるし、人事に提出する書類もすでに自分の机の中に置いてある。

（八重倉課長……陸さん……）

胸が痛い。心臓に棘でも突き刺さったかのようだ。いつかこうなると分かっていたはずなのに、こんなにも胸が痛むなんて。

（私……馬鹿だ……）

氷川と間違えて声を掛けたことに、ずっと罪悪感を抱いていた。けれど優しくて熱い腕の中に、いつまでもいたくて――ずるずると関係を引き延ばしていた。

それがどういう理由から来ているのか、考えようとしなかった。目を逸らしていたのだ……自分の気持ちから。

（課長にだけは軽蔑されたくないって、最初から思っていたのに……私）

きっと出会った時から、八重倉は琴葉の心の中にいた。迫って嫌われたくなくて、無理矢理氷川を『憧れの人』に仕立て上げていただけだった。本当に好きなのは――彼の方だったのに。

「今更気付くなんて……馬鹿よね」

琴葉が呟いた言葉は、あっという間に雑踏の中に消え去った。琴葉は上を向き、涙で滲む目で青い空を見つめた後――再び前を向いて歩き始めた。彼女の両手は、痛々しいぐらいに握り締められていた。

＊＊＊

――営業部の本郷部長も、琴葉の退職の意向を聞いて驚いていたが、『急に祖父が体調を崩し、実家に戻ることになった』と言えばかえって心配し、有休消化も兼ねて、即日実家に戻ることを認めてくれた。

音山は出張、長谷川も顧客先に出た後で、色々聞かれることもない。琴葉は手際よく片付けを行い、引継ぎの資料を部長に手渡した。いつこうなってもいいように、と準備していたことが役に立つなんてと、琴葉は自嘲気味に思った。

『八重倉君が戻ってくるまで、待ったらどうだい？』

そう言われたが、急いで実家に戻る必要があるからと断った。親しくしていた人には、急な退職を詫びるメールを出し、人事部にも実家の住所を伝え、書類があれば送付してもらう手続きをする。とにかく人に聞かれないうちにと、琴葉は逃げるように会社を後にした。

借りていたアパートも引き払う連絡をし、当面必要な荷物だけをキャリーケースに詰め込む。タクシーで駅まで行った琴葉は、特急券を購入して列車に乗り込んだ。

デッキに立ち、薄暗くなってきた窓の外を見ながら、琴葉はスマホを取り出した。マナーモードにしていた画面に、八重倉からの着信が残っている。掛け直してワンコール後、すぐに焦ったような声がスマホから聞こえてきた。

『――琴葉？　お前、今どこにいる⁉』

「八重倉……課長」

くじけそうになる気持ちを奮い立たせながら、琴葉は言葉を継いだ。

「私、実家に戻って結婚することにしました。今まで……ありがとうございました」

『結婚？　まさか、あの男とか!?』

怒りが混ざった声に、脚が震えた。琴葉はごくんと生唾を呑み、平坦な声を心がけて言った。

「元々、その予定でした。祖父の具合も良くありませんし……地元で結婚して安心させるつもりです」

『あの男に何か脅されたのか？　俺も行って……』

「いいえ！」

続く言葉を琴葉は遮った。勘のいい八重倉に気付かれてはいけない。もし脅されたと知ったら、真っ先に智倫の所に行くに違いない。そんなことになって、また『暴力を振るった』と悪評を立てられるような事態が起こったら、八重倉の未来が潰れてしまう。あくまで琴葉が自主的に会社を辞めたと思わせないといけない。全ては琴葉の責任だと。

（それなら）

こう言えばいい。琴葉はゆっくりと台詞を吐き出した。

「その必要はありません。……私は初めから、あなたとはお別れするつもりでした、から」

『琴葉!?』

琴葉は息を吸い、途切れそうになる声を、何とか絞り出す。

「……間違えたんです。あの、最初の夜——私は、氷川課長に声を掛けたつもりでした」

『……』

「氷川、課長は、入社面接の時に落とした眼鏡を拾って下さって、それ以来ずっと憧れていたんです。だから、抱いて下さいってお願いするつもりでした。結婚するまでに、ちょっと経験してみたかっただけなんです。男も知らない地味女だって嫌味を言われていたから——これでもう、私も智倫に馬鹿にされなくて済みますし」

『……』

「そのことを言えなくて、ごめんなさい。楽しいお付き合いでしたけど……やっぱり、私は氷川、課長の方が」

声が震える。どうか気付かないで。

——私は、あなたのことが。

「だからもう、あなたとはお付き合い出来ません」

——ずっと好きでした。だからもう、あなたと関わることは出来ません。

「申し訳……ありませんでした。私のことは、どうか忘れて下さい」

——私のことは、忘れて下さい。私は絶対……

「……さようなら」

『っ、琴葉！』

――あなたのことを、忘れません。何があっても。

電源を落としたスマホを持つ手に、ぽたりと涙が落ちる。

「っ……う、くっ……」

ぽろぽろと涙が零れ落ちた。喉の奥が焼けるように痛い。ぐっと震える唇を噛んで、琴葉は手の甲で涙を拭いた。もうすっかり日が落ちた窓に向き直る。薄い三日月が、暗い空にぽっかりと浮かんでいた。

（陸、さん……）

仕事中の真面目な顔。差し伸べてくれた大きな温かい手。ふとした瞬間、口元に小さく浮かぶ笑み。銀縁の眼鏡越しの瞳の色が変わる瞬間も、熱い肌も、甘い唇も――きっと忘れない。

（ごめん、なさい……酷いことを言って、ごめんなさい……）

傷付けてしまっただろうか。今頃きっと、怒っているに違いない。でも、こうするしかなかった。これ以上、彼に迷惑は掛けられない。

（私が戻れば、もう陸さんには手出ししないはず……）

智倫だって、『水無家』という名前が欲しいだけで、琴葉自身が欲しいわけではない。

琴葉のことを好きでもない智倫なら、自分が戻ればもう、八重倉には用がないはずだ。
それに祖父も父も、今まで通りあの家で暮らしていける。思い出のいっぱい詰まったあの家で。

（もう会えない……のね……）

覚悟していたはずなのに、八重倉の面影が心から消えない。

私は、こんなにも彼のことが――

「……っ、りく、さん……」

（さようなら……）

人気のない薄暗いデッキで肩を震わせて佇む琴葉に、話し掛ける人は誰もいなかった。

――琴葉が実家に戻ってすぐ、智倫から連絡があった。正式に結納を済ませたい、という申し入れに、琴葉は黙って頷いた。

「だから、準備のための打ち合わせをしたいって連絡があったの」

淡々とそう告げた琴葉に、創は心配そうな表情を浮かべた。

「本当にいいのかい、琴葉？　八重倉さんとのことは……」

琴葉は首を横に振った。

「いいの、元々こうするつもりだったから。八重倉課長と私じゃ、釣り合わないもの。……それにここで結婚すれば、おじい様やお父さんの近くにもいられるし」

「しかし」

「これは私が決めたことだから。お父さんは何も心配しなくても大丈夫」

創に詮索されて、八重倉に連絡でもされたら大変だ。琴葉は努めて明るい表情を作った。

「おじい様も随分身体の調子が良くなったみたいだし……きっと、このままで大丈夫」

創はじっと琴葉を見つめていたが、その視線を避けるように琴葉は着付けの準備に取り掛かった。

何も考えずに、ただ手を動かす。

何も、考えたくはなかった。それでも、ふとした瞬間に思い出してしまう。

厳しい横顔も、優しい笑顔も、そして——


「まあまあ、お嬢様。お似合いですわ！　奥様のお若い頃に瓜二つで」

房代の声で我に返った琴葉は、少しだけ口端を上げた。

「そう、かしら」

房代に手伝ってもらい、母の振袖を羽織った琴葉が大きな姿見に映っている。赤地に金色と緑色の刺繍が施された振袖は、母が父と結納を済ませた時に着ていたものだ。滑らかな肌触りの絹からは、ほんのりとお香の匂いがした。

姿見の隣に置かれた大きな桐のタンスは祖母の嫁入り道具。濃い飴色になったタンスは、傷一つなかった。元々祖母の部屋だったこの和室は、普段ほとんど使われていない。

琴葉も、着物を着る時に入るぐらいだった。

「奥様もお嬢様の晴れ姿、ご覧になりたかったでしょうねえ」

(もしかして、房代さんは)

房代は母が生きていた時から、ここで働いてくれている。なら、知っているかもしれない。母と智倫の父親との確執を。

「ねえ、房代さん。お母さんと智倫のお父さんとの間にあったこと、何か知ってるかしら?」

「え？　ええ、まあ」

にこやかだった房代の表情が、やや曇る。その場に屈んだ房代は、広げられた帯を畳みながら言った。

「奥様は、それはお美しい方でした、湯下社長だけでなく、多くの求婚者がおられましたとも。ですが」

鏡の中から、房代は琴葉を真っ直ぐ見つめた。

「奥様には旦那様がおられましたから。そうおっしゃって、皆さんにお断りされていました。湯下社長は随分と粘ったようですが、結局は諦めてお見合い相手とご結婚されたと伺っています」

「そ、う」

――成り上がりと馬鹿にしやがって。

(やっぱり、お母さんはそんなこと言ってないんだわ)

きっと智倫の勘違いなのだろうが、ああも思い込んでいたところを見ると、琴葉が何を言っても聞き入れてもらえない気がする。

鏡の中の自分と目が合う。肩の下ぐらいまで伸びたストレートの髪が、まるで人形のようだ。表情が、どこか硬いのも。

「お嬢様はコンタクトにされたのですね。大奥様の眼鏡も可愛らしくてお似合いでしたが」

「ねじが緩むようになった……から」

ここに戻ってきてから、祖母の眼鏡はケースにしまったままだ。智倫に古臭いからと壊されそうで、彼と会う時はずっとコンタクトレンズを入れている。

――ほら、直ったぞ。

「……っ……」

大きな温かい手の感触が指先に蘇る。ねじを器用に締めてくれた時の顔は、少しだけ口元が綻んでいた。銀縁眼鏡の奥の瞳が、優しくて――

（思い出しちゃ、だめ――）

ぶるぶると首を横に振った琴葉の肩から、房代が振袖を脱がせた。

「この振袖を着たお嬢様を見た時のお顔を拝見したいものですねえ。きっとびっくりされますよ」

「いつもと変わらないと思うわ」

振袖を衣紋掛けに掛ける房代を見ながら、琴葉は思わず苦笑した。

いくら着飾ったところで、智倫が自分を褒めることなどあり得ないし、きっとまた『地味女が何をしても無駄』だと馬鹿にされるだけだろう。けれど琴葉の言葉を聞いた房代は、静かに首を横に振った。

「そんなことありませんよ。あんなにお嬢様のことを大切にして下さっていて、私も安心しましたもの」

（……あら？）

会話が噛み合っていない気がする。琴葉が確認しようと口を開いた瞬間、「入るよ、琴葉」と障子の向こうから声がした。

「は、はい」

紺の袷を着た創が、障子を開けて廊下から中に入ってきた。振袖と帯を片付けた房代が、そそくさと部屋を出て行くのを横目に、琴葉は黙ったまま、目の前に立つ父を見上げた。

「琴葉。今回のお話だが、本当にお前は納得しているのかい?」

創の気遣う声に、目頭(めがしら)が熱くなりかけた琴葉だったが、「ええ」と小さく頷(うなず)いて見せた。

創は琴葉をじっと見つめている。居心地は悪かったが、琴葉も視線を逸(そ)らさず真っ直ぐに父を見た。

「八重倉さんのことが好きだったんだろう? 彼もお前のことを大切にしてくれていたと思っていたんだが」

八重倉の名前が胸に重たく響いた。琴葉は首を横に振り、父に告げた。

「お世話になった上司、というだけの関係だったの。八重倉課長も私がいなくなれば、もっとお似合いの人とお付き合い出来るはずだわ」

自分さえ離れれば、八重倉は今まで通りあの会社で働けるはず。無理矢理辞めさせられる理由もない。

「琴葉」

創はどこか困ったような表情を浮かべていた。

「私やお義父(とう)さんのことは、心配しなくていいと言っていただろう? 我が家は湯下不動産と前々から繋がりがあるが、跡取りの智倫君にはあまり良い噂を聞かない。お前が嫌な思いをするのではないかと、心配なんだよ」

「お父さん……」

父親の気持ちがじわりと胸に沁みてきた。だけど——

この家を追い出されてしまったら、寝込んでいるおじい様は？　お父さんだって、頑丈とは言えない身体なのに。また無理をして、体調を崩してしまったら？

(私のせいで、そんなことになったら……絶対に後悔する)

「その点、八重倉さんなら安心出来る。苦労はするかもしれないが、彼ならお前も守ってくれるんじゃないのか？」

琴葉はまた静かに首を横に振った。

「八重倉課長とは、もうなんでもないの。これ以上、迷惑は掛けられないわ。それに」

微笑みを浮かべようとしたが、うまく出来ているのかは分からない。

「智倫も、私のことは好きにさせてくれると思う。水無家の娘だってことで、尊重してくれるようだし」

琴葉自身に興味のない智倫は、琴葉がどう振る舞おうとも案外気にしないかもしれない。

彼が連れていたのも、琴葉とは全く違うタイプの女性だった。結婚後に智倫が恋人を作ろうとも、咎める気もない。

「だが」

「もう、いいの。だから私のことは心配しないで」

父が言い掛けた言葉を、琴葉は止めた。

創は眉を顰めて琴葉を見ていたが、やがて溜息をついて踵を返した。障子の前で立ち止まった創は、琴葉を振り返り、小さな声で言った。

「……そうはならないと思うけどね」

「え？　お父さん、何か言った？」

「いや、別に。……とにかく、何かあればすぐに言いなさい。分かったね、琴葉」

有無を言わせない父の態度に、琴葉は渋々頷いたのだった。

7　遅くなって済まない

——三日後。

琴葉の気持ちをよそに、打ち合わせの日は清々しいまでの晴天だった。

「一人で大丈夫なのかい、琴葉」

会社用の紺色のスーツを着た琴葉は、玄関で見送る父に微笑んだ。今日もあの眼鏡は掛けていない。

「大丈夫よ。下見を兼ねた打ち合わせだけだし」

実は昨日、智倫から電話が掛かってきたのだ。結納を行う予定の、地元で有名な日本料亭に一人で来いというそれは、半ば強制的な呼び出しだった。

（実家に戻ってからまだ十日しか経っていないのに）

今月末での退職が決まった。会社で働いていた日々が、もう随分昔のような気がする。逃げるように会社を後にしたため、皆にきちんと退職の挨拶も出来ていないことが心残りだった。

「やはり私も一緒に行った方が……」

心配そうに言う父に、琴葉は首を横に振った。

「だめよ。今日は大事な会議があるんでしょう？」

智倫の指定した時間とほぼ同時刻に、この辺りの地主や資産家を集めた合同会議が行われる予定となっていた。あの大型開発についての話らしい。水無家の事業のことを思えば、父が欠席するのは避けたい。

「行ってきます」

琴葉は門を通り抜け、空を見上げた。羽のような白い雲が風にゆるりと流れている。

待たせていたタクシーに乗り込んだ琴葉は、そのまま窓の外を見ていた。

（大丈夫……なはず）

音山からもらったメールにも、琴葉が不安に感じるような内容は特に書かれていなかった。いきなり辞めることになった琴葉に皆驚いたという話だけだ。どうやら智倫は約束を守り、何も手出ししていないらしい。

（八重倉課長……陸さん……）

綺麗な指先で眼鏡を押し上げる仕草や背筋を真っ直ぐに伸ばした後ろ姿が、今もありありと目に浮かぶ。その度に胸の奥からじくりと痛みが流れ出してくるようだった。

酷（ひど）いことを言って別れたのは自分の方なのに、こんな未練がましく思っているなんて。私のことは忘れて下さいって言ったくせに、覚えていて欲しいと願う自分がいるなんて。

（今も仕事されてるわよね）

昨日、父が読んでいた経済新聞にも、開発の記事が載っていた。ちらりと読むと、氷川財閥の当主が発起人（ほっきにん）だと書いてあったから、氷川課長が関わるのかもしれない。彼がいるなら、八重倉もそこで活躍出来るはずだ。忙しくなれば、変なことを言って離れていった琴葉の記憶も、きっとすぐに薄れていくだろう。

（どうか……お元気で）

青空を見上げながら、琴葉は心の痛みにそっと蓋をした。

「こちらへどうぞ」

着物を着た女性に案内されたのは、奥座敷へと続く渡り廊下だった。苔むした石庭や趣のある池を見ながら、いくつもの部屋を通り過ぎていく。純和風の広い屋敷は、元々華族の持ち物だったらしい。戦後に腕の良い料理人が買い取り、政治家ご用達の高級料亭となったことは、地元では有名な話だ。

「失礼いたします。水無様がいらっしゃいました」

花鳥が彫られた白いすり硝子の障子が開けられる。廊下に正座で控える女性の傍を通り、琴葉は中に入った。

入り口から左手に大きな掛け軸の飾られた床の間が見えた。部屋の中央に置かれた四角い飴色のテーブルの、ちょうどお誕生日席の位置に、智倫が胡坐をかいて座っている。黄色のワイシャツに黒のスラックスという、なんとも派手な格好だ。テーブルの上には、お茶の入った湯呑とビール瓶、半分空いたコップが並べられている。どうやらもう、一杯ひっかけていたらしい。

琴葉は黙って会釈をし、智倫のはす向かいに腰を下ろす。分厚い座布団に正座した琴葉の前に湯気の立つ湯呑を置いた後、女性は部屋を出て行った。障子の閉まる音が、妙に緊張感を誘う。

「相変わらず、野暮ったいカッコしてるんだな、お前は」

右ひじをつき、智倫が皮肉っぽい声で呟く。舐めるような視線に晒されながら、琴葉は素知らぬ顔で湯呑を持ち、お茶を一口すすった。濃厚な茶葉の香りとコクのある甘みが口の中に広がる。

「別に、私がどんな格好をしようと興味ないでしょう？　……それで、打ち合わせというのは」

さっさと終わらせたい琴葉が湯呑を置いてそう言うと、智倫は不機嫌そうに顔を歪めた。

「本当に色気のねえ女だよな、お前は。少しは俺の機嫌取りでもしてみりゃ、可愛げもあるんだが」

「小学校からの知り合いなのに、今更そんなことする意味ないでしょう」

虐められた記憶しかない智倫のことを、知り合いだと言うのも嫌なくらいだ。琴葉は硬い表情のまま、智倫を見つめる。節くれだった指に嵌めた幅広の金の指輪だけでなく、手首にもジャラジャラと音を立てる金の鎖を付けている智倫からは、品の悪さしか感じなかった。

「へえ……いつまでそうやって澄ました顔でいられるかねえ、琴葉」

ふと、智倫の声色が変わった。どろりとした厭らしさが、琴葉の肌に纏わり付いてくる。

「あの男……八重倉だっけか？　今頃後悔してるだろうなあ、お前みたいな疫病神に関わってさ」

「えっ!?」

どきんと心臓が嫌な音を立てる。きっと智倫を見据えると、彼の瞳に満足気な色が差した。

「あの男をクビにするよう、親父に言ったら、あっさり通ったらしいぜ？　なにせ、大手取引先の息子である俺の婚約者に手を出したんだからなあ」

「何ですって!?」

(クビ!?　八重倉課長が!?)

思わず身を乗り出した琴葉の左手を智倫の右手が掴んだ。その感触に、ぞわりと鳥肌が立つ。

「あの男、文句も言わず従ったって話だ。案外意気地のない男だったたな」

「私が離れたら、彼には何もしないって約束したじゃない！　それに八重倉課長は優秀な方なのよ!?　あなたの一言でクビになんか……」

手を引き離そうと力を込めたが、智倫の方が強かった。もがく琴葉に、にまりと笑う智倫の顔が迫る。

「あいつは俺のことを馬鹿にしやがったんだ。見逃す訳ねえだろ」

――最初から騙すつもりだったんだ。

かっとなった琴葉は右手で智倫の頬を叩こうとしたが、逆にその手を掴まれてしまった。

「っ！　卑怯者！　放しなさいっ！」

上半身を捩って逃れようとした琴葉の身体を、智倫は強引に押さえ込み、そのまま畳の上に押し倒した。ガシャン、と音を立てて湯呑が倒れ、お茶がテーブルから零れ落ちる。天井の四角い灯りが、衝撃でゆらゆらと動いているのが見えた。琴葉の上に圧し掛かっている智倫の顔には、残忍な笑みが浮かんでいる。

「お前も俺のこと、散々馬鹿にしてくれたよなあ、琴葉」

必死に手を動かそうとしたが、男の力には敵わない。両手首をまとめて頭上で押さえられた琴葉は、きっと智倫を睨み付けた。

「っ!?」

酒臭い息に顔を逸らした琴葉の耳元に、智倫が毒を含んだ言葉を注いでくる。

「ここでお前が俺を満足させてくれたら……考え直してやってもいいんだぜ？　あの男のことも、借金のことも」

懐に右手を入れた智倫が、琴葉の目の前にひらりと白い紙を広げた。あの借用書だ。

琴葉の身体が凍り付く。借用書を見せつけた智倫は、それをテーブルの上に落とした。

「イイ声で啼いてみろよ、琴葉。お前次第でどうにでもしてやるぜ」

厭らしいだみ声が琴葉の身体にねっとりと絡みつく。身体中に悪寒が走る。琴葉は必死に声を絞り出した。

「そ、んなこと、信じられるものですかっ……！」

智倫の視線が、乱れたブラウスの胸元を彷徨っている。胸を片手でいきなり掴まれた琴葉は、「痛っ！」と悲鳴を上げた。

「やっぱ、結構あるよな。いい弾力だ。揉み甲斐があるぜ」

「嫌っ！　やめてっ！」

ブラウスのボタンが弾け飛び、開いたブラウスの隙間から智倫が手を這わせて来る。

両脚を動かそうとしても、体重を掛けられていて動けない。

「どうせ夫婦になるんだ、今ヤっても一緒だろ？」

首筋を舐められ、胸を揉まれて、琴葉は吐き気を覚えた。下着の下に忍び込んだ指が、柔らかな肉に食い込んでくる。

「っ、や、約束を破っておいて、っ……！」

「いけ好かない奴は潰すのが一番だろ？　お前を抱いたら、あの男、どんな顔するだろうなあ？」

くっくっと笑う耳障りな声。下着に左手を掛けた智倫は、そのまま強引に引き下ろした。まろやかな右胸が厭らしい視線に晒される。琴葉は歯を食いしばって、屈辱に耐えようとした。

「色も薄いな。男慣れしてねえんだろ？　俺が仕込んでやるよ」

胸の先端をぎゅっと抓まれた琴葉はびくんと肩を揺らした。だが、胸の蕾を弄る指からは、痛みと嫌悪しか感じない。

「いや、いやあっ！」

暴れる琴葉を無理矢理押さえつけた智倫の瞳孔が開く。その瞳は嗜虐的な色に染まっていた。嫌がる琴葉を見て、悦に入ったように笑う。

「大声出しても無駄だぜ？　この離れはこっちが呼ばない限り、誰も来ないようになってるからな」

智倫が琴葉の首筋を噛んだ。そのまま肌を舐める舌の感触がおぞましくて堪らない。琴葉は首を激しく横に振り、厭らしい指や舌から何とか逃れようとした。だが、彼女を押さえつける彼の力は、一向に緩まない。

勝ち誇ったような顔で舌なめずりした智倫は、淡いピンク色の蕾を口に含んだ。そのまま強く吸われた瞬間、大粒の涙が琴葉の頬伝いに零れ落ちた。

「いやあああっ！」

琴葉が叫ぶのと同時に、何かを叩きつけるような音が響いた。顔を入り口の方に向けた智倫が、大きく目を見開く。

「ぐがっ⁉」

喉が潰れたような声と共に、身体から手の感触が消えた。

どさりという音に、琴葉が呆然としていると、先程とは違う大きな手が彼女の上半身を抱き起こす。懐かしい匂いと温かさが、ふわりと琴葉の身体を包んだ。

「怪我はないか？」

（え……？）

顔を上げると、銀縁眼鏡の向こうから琴葉を見つめる瞳と目が合った。気遣うような表情を浮かべた彼の顔が、涙で滲んではっきりと分からない。

（どう、して）

「り、くさ、……？」

「遅くなって済まなかった」

八重倉はダークグレーのスーツの上着を脱ぐと、琴葉の肩に掛けた。まだ頭の中が真っ白だったが、反射的に上着の前を閉じてぎゅっと握り締める。

膝立ちをしている彼の向こうで、畳の上に転がされた智倫が顎を押さえつつ起き上がるのが目に入った。

「き、貴様、どうやってここにっ……！」

八重倉はすっと立ち上がり、琴葉を庇うように智倫の前に立った。智倫も睨み返しながら、八重倉の胸倉を掴む。

「っ、俺にこんなことしてもいいと思ってんのか、貴様あ！　……ぐぎゃあ！」

その瞬間、片手であっさりと智倫を引き離した八重倉が、右拳を智倫の鳩尾に喰らわせていた。智倫は身体をくの字に曲げ、苦悶の表情を浮かべている。

八重倉の表情は琴葉からは窺えないが、ぴんと張った広い背中から怒りが伝わってくる気がした。

「お前は琴葉に嘘八百を並べて彼女を追い詰め、傷付けようとした。俺はお前を許さない」

「えっ」

琴葉は息を呑んだ。嘘八百って一体……？

「琴葉」

八重倉が振り返り、硬い表情で琴葉を見下ろした。彼の右手は固く握り締められたままだ。

「こいつから何を聞かされたのか想像はつくが、俺は会社をクビになどなっていない。いや、退職するのは本当だが、それは元々そうする予定だったからだ」

「退職って……」

琴葉が目を丸くするのを見て、少しだけ口端を上げた八重倉は、再び智倫に向き直った。腹を押さえたまま睨み付けてくる智倫に、八重倉が冷たい声で告げる。

「お前は琴葉の父親が借金をしたと言って、彼女を脅していただろう。だが、それは嘘だ」

「ええっ⁉」

琴葉は思わずテーブルの上を見た。無造作に置かれた証書に記されているのは、間違いなく父のサインだ。

「だ、だって、借用書が」

口籠る琴葉の視線を追った八重倉は、すっと紙を手に取った。よろよろと上半身を起こし始めた智倫を尻目に、八重倉は琴葉を振り返り、借用書を振ってみせる。

「これは偽物だ。正確に言えば、借用書を画像加工して偽造したものだろう」

その言葉に、智倫の顔が歪む。琴葉は呆気にとられたまま、八重倉の台詞を繰り返した。

「画像加工って……陸さん⁉」

八重倉が借用書を両手で力任せに引き裂いた。呆然とする琴葉の目の前で、二度三度と派手な音が響く。そのまま八重倉は、紙の残骸を右手でテーブルに思い切り叩き付けた。

「さっさと家に帰って父親と今後の相談をするんだな。湯下不動産は多額の不良債権を抱えて、不渡りを出した。もう巨大プロジェクトに出資する余力もないはずだ」

智倫の顔がさっと強張った。

「なにいっ!?　いい加減なこと言うな！　そんなこと、親父は一言も……」

八重倉の鋭い声が智倫の言葉を遮った。

「——ああ、言わないだろう。悪化したのはここ十日の間の話だ。お前が俺をクビにするよう父親に言ったことが、引き金になったんだからな」

「っ!?」

八重倉に再度掴みかかろうと手を伸ばしていた智倫の身体が固まった。智倫の顔に恐怖に似た表情が過る。その場を支配しているのは——八重倉の全身から滲み出ている恐ろしいまでの威圧感。こんな八重倉は見たことがない。自分に向けられたものではないと分かっていても、琴葉は思わず息を呑んだ。

（陸、さん……？）

「琴葉に無理強いしたと分かった時点で、俺はお前を見逃す気はなかった。せいぜい首を洗って待っていろ」

「きっ、貴様ああ！」

　そこで怒りが復活したのか、右拳を振り上げ、智倫が八重倉に突進してくる。ひっと声を上げた琴葉の前で、八重倉の左頬に智倫の拳が食い込んだ。八重倉の身体が一、二歩後ろに下がり、外れて飛んだ銀縁眼鏡が畳の上に落ちる。少しよろけた八重倉が、左手で頬を撫でると、智倫が馬鹿にしたような笑みを浮かべる。

「へっ、デカイ口叩く割には大したことねえじゃねえか」

「陸さん！」

　琴葉が叫んだ瞬間、嘲笑う智倫の頬に八重倉の右拳がめり込んでいた。彼はそのまま思い切り右手を振り抜く。

「ぐぎゃあ！」

　智倫の身体が二メートル程後ろに吹き飛ばされ、そのまま畳の上を滑っていった。数瞬後、よろよろと上半身を起こした智倫の顔面は血塗れになっている。

「ち、血があ⁉」

　ぼたぼたと手のひらに落ちる鼻血に大騒ぎをする智倫に対し、八重倉の声はあくまで冷静だった。

「これは正当防衛だ。お前は嫌がる女性に乱暴した挙句、それを止めようとした俺に殴りかかってきたんだからな」

　八重倉は眼鏡を拾うとワイシャツの胸ポケットに入れ、琴葉を両腕で抱き上げた。鼻を押さえて呻く智倫を鋭い視線で見下ろし、こう告げる。

「二度と琴葉の前に姿を見せるな。次にこんな真似をしたら、容赦しない」

「まっ、待てっ……ひぎっ」

立ち上がろうとした智倫が、八重倉の顔を見て尻餅をついた。それを見た八重倉はさっさと琴葉を連れて離れの部屋を出る。

琴葉が彼の肩越しに見た智倫は、さっきまでの威勢はどこへやら、青ざめてぶるぶると震えていた。

八重倉は琴葉を抱きかかえたまま、長い廊下を進んでいく。そこは室内の騒動が嘘のような静けさだった。

廊下の角を玄関とは反対方向に曲がった後、八重倉は小さい裏門から外に出る。

黒塗りのセダン車が門のすぐ外に停めてあり、琴葉を下ろした八重倉が後部座席のドアを開け、彼女をシートに座らせた。そこまで来て、琴葉はようやく詰めていた息を吐くことが出来た。

「大丈夫だった？　水無さん」

気遣わしげな声に驚いて運転席を見ると、心配そうな顔が目に入る。

「ひ、氷川課長!?」

そこには、ワイシャツを腕まくりした氷川が座っていた。琴葉の隣に座った八重倉が、彼女に着せた上着のボタンを手早く留め、牽制するように氷川に命令する。

「さっさと出せ、凛久」

「了解。陸のマンションに向かうよ」

氷川は前を向くと、スムーズに車を発進させた。何が何だか分からない状況に呆然とする琴葉の両手を、八重倉が握り締める。

「冷たくなってる……怖かったな。もう大丈夫だ」

「っ……」

眼鏡越しじゃない綺麗な瞳が、琴葉を真っ直ぐに見つめている。もう、大丈夫。もう、大丈夫――その言葉に、今になってがたがたと身体が震え始めた。

「陸、さん」

自身の膝の上に震える琴葉を乗せ、八重倉が力強く抱き締めてきた。琴葉も思わず腕を彼の首に回して、思い切りしがみ付く。

彼の匂い、彼の体温。それをもっと感じたくて、首元に顔を埋めた。

「琴葉」

優しい声に、涙がぽろぽろと零れ落ちる。

「こ、こわ……かった」

「怖い目に遭わせて済まない。思ったよりも準備に手間取ってしまった」

「り、りく、さんが……クビに、なったって」

涙に濡れた琴葉の目元に、優しいキスが落ちる。

「あいつが俺に手出し出来るはずがない。もう二度と関わることもないから、忘れろ」

その言葉を理解した瞬間、琴葉は彼の匂いを胸いっぱいに吸い込んで、頬を胸元に擦り寄せていた。数分経って、ようやく落ち着いた琴葉は、そこではっと顔を上げた。心配そうに見つめてくる八重倉に、琴葉はつっかえながら言った。

「で、でも、借金が……それに智倫が、会社の株を買い占めたって」

八重倉の口元がぴくりと動いた。

「──あいつがそう言ったのか。もっとぶちのめしてやるんだった」

「陸さん？」

背筋が凍り付くような表情をしていた八重倉だったが、不安そうな琴葉の声に、その顔を一瞬で柔らかな笑みに変えた。

「それも大丈夫だ。全く、ちゃんと相談しろと言っていただろう」

「ご、めんなさい。でも、これ以上迷惑を掛けたくなくて」

「お前のことが迷惑であるはずがない」

頬に唇の温かな感触を感じた琴葉は、潤んだ瞳で八重倉を見つめる。彼が優しく微笑み、そのまま顔を近付けてきて──

「あー、ごめん。それ以上は陸のマンションに戻ってからにしてくれるかな。熱々すぎて、ここで一人で運転してるの辛いんだけど」

「っ!?」

びくっと身体を震わせた琴葉は、慌てて八重倉から顔を離した。むっとしかめっ面をした八重倉が、運転席を睨み付ける。バックミラーに映る氷川は、呆れたような顔をしていた。

「凛久」

どすのきいた低い声にも、氷川の態度は変わらなかった。

「はいはい、俺が邪魔だっていうのは、分かってるって。とにかく急ぐから、車内では控(ひか)えめに頼むよ、お二人さん」

(ううう……)

恥ずかしくなった琴葉は八重倉の膝から下りようとしたが、それは本人に阻止(そし)されてしまう。琴葉は黙って彼に抱き締められたまま、大人しく帰路を辿(たど)ることとなった。

夕暮れ時の高層マンションは、ライトアップされてきらきらと輝いている。玄関前で、琴葉と八重倉は車を降りた。もう二度と来ることはないと思っていたのに、とマンションを見上げる琴葉は複雑な気持ちだった。琴葉は助手席側の窓から運転席を覗(のぞ)き込み、氷川に礼を言う。

「ありがとうございました、氷川課長」

「ああ、気にしないで。……それより、水無さん」

氷川は真面目な顔で、琴葉を見た。

「陸のこと、よろしく頼むよ。こいつ、無愛想だし粘着質だし、うっとうしくて面倒な男だけど――水無さんへの想いは、本気みたいだから」

そこで言葉を切った氷川は、琴葉の右隣に立つ八重倉を横目で見た。

「じゃあ、後はこっちで何とかするから、頑張れよ、陸」

ひらひらと左手を振った氷川は、そのまま車を発進させた。ロータリーから車が見えなくなったところで、八重倉が琴葉の肩を抱く。

「行くぞ。その姿をあまり人目に晒したくない」

ぶかぶかの上着を羽織った自分の姿を見下ろし、琴葉は小さく頷いた。

玄関ロビーにはちらほらと人がいたが、八重倉は彼らの目から琴葉を庇うように肩を抱いてさっさと歩いていく。

エレベーターの中でも、彼は無言のままだった。琴葉は端整な横顔を見上げ――そこでふと気付く。

「陸さん……眼鏡外したままで大丈夫なんですか？」

料亭で外れてから、一度も掛けていないのに、困った様子が見られない。現に今も、彼は何かにぶつかることなく、早足で歩いている。

「ああ」

前髪を右手で掻き上げた八重倉が、少しだけ唇を歪ませて琴葉を見下ろした。

「あれは伊達眼鏡だ。度は入っていない」

「え」

目をぱちくりさせた琴葉に、八重倉は溜息をつく。

「部屋に着いたら全て話す——ああ、もう着くな」

高層階に停まったエレベーターから降りた琴葉は、八重倉と並んで絨毯の敷かれた廊下を歩き、もう来ることもないと思っていた部屋の前に立った。中に入るとすぐ、バスルーム隣の更衣室に連れて行かれる。

「身体を洗いたいだろう。着替えは適当に用意しておく」

「は、はい、ありがとう……ございます」

そうして八重倉はさっさと更衣室を出て行った。

左手にバスルーム、右手に手洗い場を備えた更衣室は、ファミリー用ぐらいの広さがあり、ドラム式の洗濯機まで置かれている。

正面に備え付けられた大きな洗面台の丸い鏡に、不安げな顔をした自分が映っているのに気付いた琴葉は溜息をついて、八重倉の香りの付いた上着を脱いだ。

シャワーを浴びながら自分の胸を見ると、あの時と同じように智倫の指の痕が残っていた。肌が赤くなるまでごしごしと擦った後、白い泡をシャワーで洗い流す。

本当はもっとしっかり洗いたいところだが、八重倉を待たせていると思うと、あまり時間も掛けられなかった。

白いタオルを身体に巻き付けてバスルームを出ると、籠の中に畳まれた着替え一式が置かれていた。

ふと見ると、隣に設置された洗濯機が動いている。どうやら、シャワーを浴びている間に汚れ物の洗濯を始めてくれていたらしい。そんなことにさえ彼の思いやりを感じ、頬が熱くなる。

「早く着替えないと」

用意されていたのは、大きな綿シャツと短パンだった。下着はないが、どちらも透けなさそうな生地だから何とかなるだろう。腕まくりをして、紐で短パンのウェストを調節した琴葉は、髪をブラシで梳いてから更衣室を出た。

おずおずとリビングに入ると、ソファに座った八重倉がこちらに目を向けた。ネクタイを外した姿で、ワイシャツのボタンも二つ外れている。その姿を見ただけで、心臓の鼓動が速くなった。

「琴葉」

八重倉が右手を差し伸べてくる。琴葉が左隣に座ると、彼は彼女をまた自分の膝に乗せ、ぎゅっと強く抱き締めてきた。

「間に合って本当に良かった。お前があいつの呼び出しに応じたと連絡をもらった時は、心臓が止まるかと思った」

「えっ……」

連絡って？

琴葉が小首を傾げると、八重倉は溜息をついて琴葉の頬に片手を当てた。

「お前の父親と房代さんに、何かあれば俺に連絡して欲しいとお願いしておいたんだ。特にあの男からの連絡があったら、至急知らせてくれと」

「房代さんにまで？」

陸が小さく苦笑する。

「とにかくあの男の情報を掴みたかったから、二人に事情を話して味方になってもらった。房代さんには、お嬢様をよろしく頼むと涙ぐまれたよ」

（あの時房代さんが嬉しそうだったのって……陸さんが私を迎えに来ることを知っていたから!?）

道理で話が噛み合わないと思った。

琴葉に何があっても、必ず陸が駆け付けると思っていたから嬉しそうだったのか。琴葉は妙に納得してしまった。

「お父さんから、お前があの男に呼び出されたと連絡を受けたんだ。だから先に湯下社長が持ち掛けてきた再開発の会議にけりを付け、後を親父に任せて凛久と一緒に抜け出してきた。あいつはお父さんを別の用事で足止めしている間に、お前に手を出すつもりだったようだな」

「再開発の件って、この地元の？」

どうして陸さんがその会議に？　今日は地元の出資者を除けば、企業の役員レベルだけで行う会議だったはず。うちの会社も関わっているとはいえ、課長クラスが参加できる場ではないのでは……？

琴葉の疑問を読み取ったのか、八重倉は真面目な顔で口を開いた。

「まず、琴葉に謝らないといけないな。俺の名前は『八重倉陸』ではない――『氷川陸』が俺の本名だ」

「陸さん!?」

（八重倉陸じゃなく、氷川陸が本名!?　じゃあ、もしかして氷川課長は……）

目を見張った琴葉に、八重倉――ではなく、陸が言った。

「会社で『氷川凛久』を名乗っていたあいつが、本当の『八重倉凛久』。俺の母方の従弟に当たる。俺達はある事情から、苗字を入れ替えていたんだ」

「従弟……」

今にして思えば、確かに体形以外にも、どことなく二人は似た雰囲気があった。

(でも、入れ替わるってどうして？　……あ)

思い付いた考えに、琴葉は息を呑んだ。氷川課長の噂は何だった？　確か……

琴葉の表情の変化を見た陸が、真剣な表情で頷いた。

「氷川財閥の跡取りは凛久ではなく、俺の方だ。櫻野産業の社長は俺の父の知り合いでな、家柄に囚われず、一社員として企業で経験を積みたいと我儘を言った俺を受け入れてくれた。その際に、凛久も『俺が跡取りのフリをして社員の目を惹いておいた方が動きやすいだろ?』と協力を申し出てくれたから、苗字だけ入れ替えることにしたんだ。伊達眼鏡もその時に掛け始めた。社長はもちろん、主な役員もこのことを知っている」

陸さんが、氷川財閥の跡取り？

「だが、あの大型案件には、俺が『氷川財閥の担当者』として関わる予定になっていた。だからお前のことがなくても、この機に退職するつもりだったんだ。あの男が『俺をクビにしろ』と湯下社長を焚きつけたおかげで、予定が早まったがな」

「それ、は」

陸の顔には、冷酷な笑みが浮かんでいた。

「俺が『企業間の取引に私情を挟むような会社とは取引出来ない』と告げた時の社長の顔は見物だったな。元々湯下不動産は法律違反すれすれの業務が常態化していて、叩けばすぐに埃が出る状態だったんだ。そうまでしてもここ最近の業績は下がる一方で、今回の案件に社運を懸けていたらしいが、跡取り息子の手綱も取れない親では高が知れている。それに、馬鹿息子が買い占めたとか言っていた株も、全体のごく一部に過ぎない。櫻野産業の筆頭株主は、依然として俺の父だ」

――あの男をクビにしてやった。

ふと、智倫の嘲笑う姿が目に浮かんだ。

きっと今までは、そんな横暴も本当にまかり通っていたのだろう。けれど、いくら湯下不動産が地元の有名企業だとしても、『氷川財閥の跡取りをクビにしろ』なんて要求は、身の程知らずにも程がある。

「だから、俺に相談しろと言っておいただろう」

どこか恨みがましい目で睨んでくる陸に、琴葉はどもりながら答えた。

「で、でも……陸さんに、我が家の借金のことで迷惑掛けちゃいけないって思って」

「さっきも言ったが、あの借用書は偽物だ。おそらく原本の画像データを加工して、日付の部分を書き換えたんだろう。お前の家の借金は、すでに返済済みだそうだから、借用書もお前のお父さんに返還されているはずだぞ」

「え!?」

さらりと言われた台詞を、琴葉は咄嗟に理解出来なかった。

その様子を見て、陸は噛んで含めるように丁寧に説明を続ける。

「過去に湯下不動産から融資を受けたことは確からしいが、会社の採算の悪い事業を整理することで、お前が就職する頃には完済出来ていたとお父さんから聞いた。お父さんはお前に心配を掛けたくなくて、借金のことも言っていなかったそうだ。だから返済が終わっていることもお前には伝わらなかった」

「じゃ、じゃあ……智倫が言ったこと、は」

琴葉が呆然と呟いた。陸が琴葉の右頬に優しいキスを落とす。

「お前を手に入れるための嘘だったってことだ。家族思いのお前なら、お祖父さんやお父さんに心配を掛けないために、二人には相談しないと思ったんだろうな、あの男は」

「そんな……!」

琴葉の頭の中は真っ白になった。

全部が全部、嘘だったなんて――その意味をようやく理解した途端、怒りがふつふつと湧いてくる。琴葉は知らず知らずのうちに、胸元で拳を握り締めていた。

「わざわざ嘘をついてまで、水無家の名前が欲しかったなんて……。私のこと、馬鹿にしてたくせに……」

「湯下社長も水無家にご執心だったらしいからな、親子二代の執念だったんだろう。……まあ、それだけでもなかったようだが」

陸がぼそりと続けた言葉は、琴葉の耳には入らなかった。

「湯下不動産は、これから窮地に立たされるだろうな。あの男も今までのような生活は出来なくなる。もうお前には近付けないから安心しろ」

「陸さん……」

啄むような小さなキスが頬から顎のラインを伝って降りて来る。

「俺の顔を見て状況を理解したようだったから、二度とお前に手を出すこともないだろうが」

立ち去り際に見た智倫の様子を思い出す。真っ青になって、立てないくらい震えていた。

「俺は親父と顔がよく似ているんだ。だから、それを誤魔化すために眼鏡を掛けていた。湯下親子も今回の案件で親父の顔を知っていたはずだしな」

氷川財閥当主と瓜二つの顔。一目で血の繋がりがあると分かったのだろう。

今にして思えば、さっきの智倫は滑稽なくらい怯えていた。自分が誰に喧嘩を売ってしまったのか、あの時理解したに違いない。……そう考えると、少し溜飲が下がった。

「ありがとう、陸さん」

琴葉はふと、陸のワイシャツに目をやった。肌触りのいい生地に、綺麗な縫い目。身体にフィットしたシャツはおそらくオーダー品だろう。そこに施(ほどこ)された刺繍は、彼の本名『氷川陸』を示す『R．H．』のイニシャルだった。

（そういえばあの時も、『氷川の本社に』って話をしていたっけ）

このマンションだって、普通のサラリーマンでは住めない物件だ。知り合いの留守を預かっているだけと聞かされていたけれど……

「この部屋も、もしかして」

琴葉の質問に、陸がばつの悪そうな顔をした。

「親父の持ち物だ。だから、俺が間借りさせてもらっていることには変わりない」

知り合い＝(イコール)お父さんのことだったなんて。じっと陸を見つめると、彼の頬が少し赤くなった。

「お前の心が固まるまでは、知られたくなかったんだ。俺が氷川財閥の跡取りなんて知ったら、逃げ出してしまいそうだったから」

確かに、最初からそうと分かっていたら、お付き合いを持ち掛けられた時点で遠慮していたかもしれない。

「これまでも、家目当ての女性にばかり付き纏(まと)われて、ウンザリしていたからな。……お前には氷川の名前に関係なく、俺自身を見てほしかった」

熱を増した彼の視線が恥ずかしくて、返す琴葉の声は小さくなった。

「……その、財閥の御曹司って肩書を隠すために、苗字を入れ替えたのですか？」

そう聞くと、陸はゆっくりと頷いた。

「ああ。本当なら、櫻野に来て五年で氷川の本社に戻る予定だったんだが、課長に任じてもらえたこともあって、修業期間を延ばしたんだ。そんな時――琴葉に会った」

当時を懐かしむような、優しい瞳の色。陸の指が自分の頬を滑るのを、琴葉はただぼうっと見つめ返す。

「――ちょうど氷川の本社に延長の話をして戻って来たところだった。玄関ロビーで足元をふらつかせている女性がいると思ったら、眼鏡を落として座り込んでしまってな。『大丈夫か』と声を掛けたが、ぼーっとしているようだった」

「えっ」

琴葉は息を呑んだ。

「落ちていた眼鏡を拾ったら、木製の古い造りで珍しいと思った。彼女に手を貸して休憩スペースまで連れて行き、飛んだねじを見つけて締め直した眼鏡を女性に渡して――」

ぽかんと口を開けた琴葉に、陸がくすりと笑った。

「ありがとうございます、という声も弱々しかったが、少し休めば大丈夫だと言っていたな。俺は社長に呼ばれていたから、近くにいた凛久に声を掛けて後を頼んだんだ」

「じゃあ、あの時聞いた『氷川』っていうのは──」

「俺が凛久を呼んだ時だな。まだぼんやりとしていたから、俺の声を覚えていなかったんだろう?」

　確かにあの時、何を話し掛けられたのかロクに分かっておらず、覚えていたのは『氷川』という名前だけだった。

(だから、入社してから『氷川さん』を探したのに、全く見当違いだったんだわ)

「その時は珍しい眼鏡を掛けた可愛い女性だな、ぐらいの記憶だったんだが……新入社員として配属されたお前を見て、あの時の、と思い出した。お前の方は俺を覚えていないようだったから、何も言わなかったが」

　口元を綻(ほころ)ばせるその表情から、目が離せない。

　──最初から、この人だったんだ。優しくしてもらったことで氷川課長に憧れるようになった気持ちもみんなみんな、本来はこの人に向けるものだった。

「陸さん……私、あの時助けてくれたのが、氷川課長だと思っていました。だから、優しくしてくれた彼に憧れていたんです──でも、違ったんですね。あれはあなただった」

「凛久に憧れていた理由がそれか」

　ほっとしたような声色(こわいろ)で、陸が話を続けた。

「お前は真面目で頑張り屋で、誰に対しても柔らかな態度で、だけど芯が強かった。俺は仕事に関して厳しいと女性社員から遠巻きにされていたが、お前は違う。真っ直ぐ俺を見て、失敗してもすぐにやり直して、気遣いも上手くて、お前と仕事をするのは心地よかった。例えば、新人が終業時刻ぎりぎりに面倒な書類を持って行っても、お前は嫌な顔一つせずに処理していただろう」

「見てたんですか⁉」

「そういうことが少しずつ……そう、少しずつ積もっていったんだろうな。俺の周囲にいた、実家目当ての女性とは違う控えめなお前に、いつの間にか惹かれていた。もちろん艶やかな髪も、色白で滑らかな肌も、細い指も、俺を見る瞳も、可愛らしくて好みだったが」

「～～っ！」

頬に一気に熱が集まる。嬉しそうに頬を撫でてくる指が、琴葉の唇も優しくなぞる。

「お前が、好きだ。ずっと前から――お前が俺を『単なる上司』としてしか見ていなかった頃から」

溺れる。溺れてしまう。真っ直ぐに自分を見つめる、綺麗で熱い瞳に。

息が――出来ない。

「そ、そんなこと、今まで一言だって言わなかったじゃないですか……っ」

「曲がりなりにも、俺は直属の上司だぞ？　お前にその気がないのに告白したらセクハラやパワハラになりかねない。しかも」

じろりとこちらを睨む陸の顔は、どこか拗ねているように見えた。

「お前、凛久が俺のところに来る度に、そわそわしてただろう。あいつを気にするお前を見て、心の隅がもやもやしていた」

「……」

（だって、私は氷川課長があの時助けてくれた人だと思っていたから……。というか、いつも冷静な顔をしていた陸さんが、そんなことを思っていたなんて）

じわじわと『嬉しい』という感情が胸に込み上げてくる。

「それに、長谷川。あいつ同期だからと馴れ馴れしく話し掛けて、お前にばかり仕事を頼んでいただろう。飲み会でもやたらお前の隣の席にいたしな」

長谷川くんが？　琴葉は目を丸くした。

「あいつがお前にだけ土産を持って来てたの、気付いてなかったのか」

確かに出張の度に美味しいお土産をもらっていたけれど。あれは課内の人全員宛のものを預けられただけだと思っていた。

長谷川に告白されたことを思い出した琴葉は、思わず陸から目を逸らす。

「気付いてませんでした……」

俯く琴葉を見た陸は「まあいい……長谷川もあの男がお前に接触してきたことを報告してくれたしな……」とぼやき気味に呟いた。

「お前の鈍さに、俺も助けられた部分がある。だが、氷川本社に戻る期限が再び迫ってきて、どう告白しようかと悩んでいたところに……あの飲み会だ」

「っ」

多分、今の私の頬は真っ赤に染まっている。あの時のことを思い出すだけで、恥ずかしくて――そして胸が痛くて堪らない。熱い頬を撫でる彼の指の動きが、妙に気になって仕方がなかった。優しく擦られて、まるで――

「抱いて下さいって言われて、タガが外れた。お前が飲み過ぎていることは分かっていたが、こんな好機を逃す程、俺はお人好しでもない」

「で、でもっ、あの時は！」

琴葉は陸の目を真っ直ぐに見た後、頭を下げた。

「ご、ごめんなさいっ！　酔っていたせいで陸さんと氷川課長を間違ったのは、本当なんです。少し前に智倫に結婚しろと迫られて、ハジメテだけはどうしても自分が選んだ人とって思って……」

「……それで、凛久を選んだのか？」

陸の声が一層低くなった。胸の奥がぎゅっと締め付けられた気がする。

「氷川課長なら、女性慣れしてるし、私がいきなり迫ってもすぐに抱いてくれるだけで、大事にならないんじゃないかって思ったんです。そ、それに、こんな私にも優しくしてくれた相手でした、し」

「……」

「……陸さんには、相手を間違ったって知られたくなかったんです。だって、ハジメテを捨てるためだけに抱いて欲しいなんてこと、氷川課長に言ったと知られたら……軽蔑(けいべつ)されるって思ったから」

「……」

陸の沈黙が怖い。ぽたりと大粒の涙が琴葉の目から落ちる。

「陸、さんとお付き合いしてる時も……ずっと後悔してました。私が間違ったから、こんなことに巻き込んでしまったって……」

そこで陸の指が、琴葉の涙を拭(ぬぐ)った。

「でも、言えなかったんです。陸さんと少しでも一緒にいたくなって……ずるいって分かっていたけれど、あなたの優しさに甘えてしまったんです」

「琴葉」

掛けられた声に顔を上げると、陸は真面目な表情でじっと彼女を見つめていた。その顔は、怒っているようには見えない。

「どうして俺に知られたくなかったんだ？」

「そ、れは」

琴葉は震える唇から、小さな声を出した。

「……陸さんに、嫌われたくなかったんです。私のことは真面目な部下だったという形で覚えていて欲しかった。どうせ会社を辞めることになるなら、いい印象を残しておきたかった――」

「――琴葉」

甘く低い声が耳の中で重みを増した。逞しい腕が、琴葉をさらに強く抱き締める。

「俺はお前が好きだ。お前は？　俺のことをどう思ってる？」

「っ!?」

一瞬心臓が止まった気がした。かと思うと、次の瞬間には壊れそうなぐらい速く鼓動を打ち始める。

陸を見上げた。彼の瞳の中に自分が映っている。見つめられて、甘く蕩けそうになっている自分が。

「あの、わた……っ、んんんんん!?」

合わさった唇の隙間から、滑らかに動く舌が忍び込んできた。餓えた獣のように琴葉を貪る彼の身体から伝わった熱が、あっという間に身体の奥に溜まっていく。

「んっ、はあ、んっ……あ」

ちゅくちゅくと音を立てて舌を吸う彼の首に、いつの間にか両手が回っていた。吸われた舌を本能的に動かし、自分からも絡ませにいく。激しく淫らな動きに、身体の奥がむず痒い感覚に襲われる。リビングに、唾液が混ざり合う淫靡な音が響いた。

（ああ、この人だ……）

私が好きだったのは。こうしていたいのは。身体が溶けてなくなってしまいそうになるのは、ずっとこの人だけだった。

「――時間切れだ」

ほんの少し唇を離した陸が、ぼうっとしたままの琴葉に告げた。

「じかん、ぎれ？　……ひゃっ、あ！」

琴葉はまた、逞しい腕に抱き上げられていた。ワイシャツ越しに感じる彼の匂いが、さっきよりも強くなっている。

「り、陸さ、」

陸が大股で歩き始める。腕に琴葉を閉じ込めた彼の瞳には、見ているこちらの胸が痛くなるくらい、剥き出しの感情が溢れていた。

『お前が欲しい』

そう言われている。息が、鼓動が、乱れる。

「後は、ベッドで聞く。全て報告してもらうからな、琴葉？」

いつも沈着冷静な『八重倉課長』は、ここにはいなかった。御曹司である『氷川陸』も。ここにいるのは、琴葉の全てを求める一人の雄だけだった。

8　お前は、俺のものだ

「あっ……！」

ぴくんと琴葉が肌を震わせると、彼は満足気な声を漏らした。広いベッドの上、彼女は逸る獣に組み敷かれていた。二人とも何も身に纏っていない。とっくの昔に脱ぎ捨てられた衣類は、ベッドの下で山になっていた。

熱くなった肌の上を、舌と指がゆっくりと這う。琴葉の身体はもうとろとろに蕩けていた。擦れ合う肌と肌、そして彼の匂い。その全てに酔わされてしまう。

首筋から鎖骨にかけて、肌を吸いながら移動する唇は、白いキャンバスの上に自分が付けた赤い花が咲くのを見て、満足気な弧を描いた。

「お前が俺のものだという証を付けるのは、気持ちがいいな」

「あっ、あんっ」

つんと硬くなった左胸の先端を吸われ、琴葉は甘く呻いた。

右胸も長い指に捕らえられ、軽く扱かれている。かと思えば、まろやかな胸全体を優しく揉まれていた。蜘蛛の糸に絡めとられた蝶のように、彼が紡ぎ出す快楽の糸に身体を絡めとられて、動けない。

「琴葉？　俺をどう思ってる？」

意地悪な質問に琴葉が唇を開いた。

「あ、わた、しっ……んんああっ」

こりっと胸の蕾を甘噛みされた琴葉の腰が跳ねた。さっきから彼は、『俺のことをどう思ってるのか』と聞いてくるくせに、琴葉が答えようとすると甘い刺激を与えて答えさせない。まともに話せない琴葉は、ふるふると首を横に振った。

指に掴まれた柔らかい肌が形をうねうねと変えていく。交互に蕾を吸う唇から、時折ぴちゃぴちゃと舌が動く音が漏れる。

「あっ……ん、も、もう」

焦れったい。胸から受ける刺激は、どんどん下の方へと溜まっているのに、彼はそこには触れてくれない。

とろりと内側から溶けてくる感触に、琴葉は太腿を擦り合わせた。ぬるりとした蜜で茂みが濡れた感触がする。

「どうした、琴葉？」

琴葉が視線を落とすと、赤くてらてらと濡れた乳首から口を離した彼と目が合った。

こんなに琴葉の身体が疼いているのに、気が付いていない訳がない。にやりと不敵に笑う彼は、ひどく傲慢に見えた。

――早く、触れて。早く。もっと激しく。

「ぃや、あ……ん」

切ない声を上げたが、まだ彼の指はそこには触れてくれない。

「いや、か？」

お願い、意地悪しないで。

また首を横に振ると、琴葉を見つめる瞳の色が濃くなった。白い太腿に大きな手がかかる。脚を左右に開かれ、濡れた茂みに空気が当たる。

「ああんっ」

柔らかな茂みに人差し指がそっと触れた。それだけで、身体の内側がどくんと脈打った。彼の指が花びらをなぞるように動き出す。

「ああ、もうすっかり濡れてるな」

今にも蜜が零れ出そうな入り口の辺りを、焦らすようにゆっくりと弄る指。それが、甘い肉の花びらを掻き分けていく。優しく擦られる感触に、琴葉は口を半開きにしたまま、はっはっと短い息を吐いた。

「あっ、あんっ……はあ、んっ、あああっ」

指の腹がぐいと一番敏感な花芽を押した。びくんと大きく腰を揺らした琴葉に、彼の攻撃が容赦なく続く。

「あっ、あああんっ、はっ——あっ、やあああんっ！」

花芽を押されて擦られて、抓まれてまた押されて。赤く染まった花芽を指で愛でながら、彼はまた左胸の蕾を口にした。硬く立ち上がった蕾を吸われ、甘噛みされると、軽い痛みにも似た快感が身体を走る。びくびくと蠢く自分の内側がもっと欲しいと強請っている。

「あうっ……あ、あん……感じちゃ、あああんっ」

きゅっと花芽を抓まれた瞬間、琴葉の意識は軽く飛んでしまった。それでも彼は指と舌を止めない。乳輪をじっくり舐った舌は、ゆっくりと肌の上を滑っていく。

「淫らで甘い、俺を誘う香りがする。この香りは俺だけのものだ」

「ひっ、あああああっ」

長い指が濡れた肉襞の間につぷんと埋まった。琴葉の腰がベッドの上でバウンドする。続けてもう一本指が入って来た時、琴葉はぶるりと身を震わせた。ナカの襞が、硬い指を包み込んでいる。

「こんなに纏わり付いてるぞ。指が気持ちいいのか？」

「あうっ、は、ああああん」

指の動きは蜜のおかげかスムーズだった。二本の指を咥え込んだ蜜壺は、もっと奥へ奥へとさらに指を誘い込もうと動く。指が肉壁を擦る度に、厭らしい水音がベッドルームに響いた。ざらりとした箇所を指が掠った時、琴葉の腰は大きく跳ねた。

「ひっ……ああっ！」

「ここが感じるのか」

琴葉が悶える度に、指がその周辺を丹念に擦る。乳輪を舐めていた舌は、少しずつ下へと下がり、震える肌にキスを落としていく。

「はっ、あっ、ああああ」

熱い舌がへその窪みからその周囲をぐるりと舐めた後、一番熱く潤った場所を目指して移動した。

「あっあっ、やあああんっ」

琴葉の目尻に溜まった涙が、首を振った瞬間に頬を流れた。指だけじゃ物足りない。もっと欲しい。なのに、この人は焦らすばかりで本当に欲しい所にくれない。

「ほしっ、い、のっ……！」

懇願の声を上げると、彼の口は、しどけなく開いた太腿の肌にようやく吸い付いた。両ひざを立てる姿勢にさせられた琴葉は、甘い期待に吐息を漏らす。熱い息が、淡い茂みにかかった。

「ぷっくりと赤く膨れて……美味そうだ」

「ひあっ⁉ あ、あっ――っ」

突然頭の中で光が弾けた琴葉は、背中を大きく仰け反らせた。彼の唇が、膨れた突起に吸い付いている。そのまま舌で花芽を転がされ、琴葉は何度も悲鳴を上げた。

「やっ、あああんっ、ひ、あああっ、あんっ」

がくがくと身体が震える。指が花芽の裏側の箇所を丹念に擦り始めた。奥から熱さを増した蜜がどくどくと流れ出てくる。その蜜も、淫靡な動きをする舌に次々と舐めとられていく。舌が蠢く襞の中に埋まった時、琴葉の肌に痙攣が走った。

「あっ、っ、あっ……、あああああーっ」

ぎゅっと締まる襞が指に絡んでいる。別の指がまた一本、深くナカに入ってきた。さっきよりも深く太い動きに、また琴葉は悲鳴を上げる。柔らかく熟した蜜壺のナカで、彼の指が琴葉を追い詰めていく。

「あっあああんっ、ひゃんっ、あふ、んっ」

彼が顔を上げ、琴葉を見ながら舌なめずりをした。

「蜜の香りが濃くなった。感じてるんだろ？」

ナカでばらばらと動く指が、敏感な粘膜をさらに強く擦っていく。それでも足りない。

琴葉は苦しそうな呻き声を上げた。

「あんんんっ、ゆび、もっと、あっ……！」

彼の声も甘く濃くなった。

「指がどうした？　こうして欲しいのか？」

指の腹が強く襞を擦る。シーツを掴む琴葉の指に、ぎゅっと力が入った。

「ひっ、あああんっ、やあああんんっ」

もっと来て。もっと強く。もっと欲しい。琴葉の中で、恥ずかしくて言えない想いが
どんどん溜まっていく。襞がひくつき始め、溜まった熱が破裂しそうになったところで、
彼はずるりと指を抜いた。

「あっ……あああ……」

ぴくんと太腿を震わせた琴葉の上に跨った彼は、彼女の太腿を大きく開き、刺激を待
ち望んでいる花びらに熱い塊を押し付けた。彼の肌から、大粒の汗が琴葉の白い肌に
ぽたりと落ちた。

「琴葉、好きだっ……！」

「っ、はあっ、ああああーっ！」

一気に埋まってきた硬い楔に、琴葉の熱も弾け飛んだ。ぐんと大きく押し込まれたソレは、また大きく引かれ、そしてまた勢いよく奥を目指して突き刺さってくる。柔らかく潤んだ襞は、硬くそそり立った楔に悦んで纏わり付いていた。

奥に当たる衝撃と共に、琴葉の身体もばらばらになりそうな快楽が襲って来た。琴葉は右脚と両手を彼の背中に回し、ぎゅっとしがみ付いた。

「すき、すきぃっ……陸さんが、すき、なのおっ、あああんっ」

琴葉が熱に浮かされて好きだと叫ぶと、彼の表情がぐにゃりと歪んだ。

「俺もだ、琴葉。お前が好きだっ……！」

奥の入り口付近を重点的に攻める熱い欲望に、琴葉は喘ぐことしか出来なかった。襞が締まり、さらに激しく抉られる。張った肉と肉がぶつかる度に、汗と白く泡立った蜜が結合した部分から流れ出している。

「あああんっ」

陸が苦しそうに顔を歪めた。さらに速く、さらに激しく腰を打ち付けられた。何度も何度も快楽の頂点へと押し上げられた琴葉は、ただただその波に翻弄され続けた。波は激しくうねり、琴葉をどんどん高みへと持ち上げていく。

「やっ……あんんっ、くるっ……きちゃうっ……！」

瞼の裏がちかちかする。身体の奥で熱が凝縮されて、今にも爆発してしまいそうになっていく。快楽が止まらない。突かれる度に溜まって溜まって溜まって――

「あっ……あっ、やあっ、ああああああああっ！」

琴葉が大きく身体を仰け反らせた瞬間、楔を包み込む襞が一層強く楔を締め付けた。

「く……っ……！」

どくん、と大きく膨れ上がった楔から、琴葉のナカへと彼の欲望が勢いよく注ぎ込まれた。熱い感覚が琴葉のナカに広がっていく。襞が熱さを受け止める度、何かが満たされていくような気持ちになった。

「は、あっ……あっ……」

息を荒らげたまま、ぼうっと目を見開いた琴葉は、熱い余韻に身を震わせた。

「琴葉、好きだ」

掠れた声がして、琴葉の唇が塞がれた。僅かに唇に残る違和感は、琴葉の残り香だろうか。彼の唇はぬらりとした感触がした。

「んっ……」

舌と同時に入ってきた彼の唾液を、琴葉はごくんと呑み込んだ。唇の端から溢れた唾液が白い肌を伝う。

蜜壺が欲望で十分すぎる程満たされるまで、琴葉は彼の逞しい首に手を回し、舌を絡め合わせていた。

「んふ……あ、はあ」

「お前のナカは気持ちいい。ずっとこうしていたい」

陸が唇を離し、掠れた声でそう告げた。

「え、陸……さん？」

琴葉は目を丸くした。自分のナカにまだいる陸自身が、また硬く大きく膨れ上がってきた。

「これだけでは足りない。もっとお前が欲しい」

「ひあんっ!?」

身体を反転させられた琴葉は、腰をぐいと掴まれた。立て膝で腰を浮かした状態になったことで、さっきまでとは違う部分に先端が当たる。

陸が後ろから満足気に笑う。

「この状態で突くのもいいだろ？　お前と繋がってる部分が良く見えて、厭らしい眺めだ」

「あっ、あっ、あっ、う、ああんっ」

肉のぶつかり合う音は、さっきよりも大きくなった。彼の欲望と蜜が混ざり合って出来た潤滑油が、狂暴なまでに大きくなった彼の動きを滑らかにしている。

背中を人差し指でなぞられた琴葉は、頭を仰け反らせて反応した。後ろから左胸に回った手が、揺れる乳房を持ち上げ、やわやわと揉み始める。その刺激も、琴葉の身体をますます熱くするだけだった。

尖った胸の蕾を弄ばれ、首筋から背中に舌を這わされ、奥を思い切り突かれて、琴葉はただただ熱い声を上げ続けた。

気持ちいい。好き。もっと。欲しいの。

何も考えられない。彼を——陸を求める言葉ばかりが、頭の中をぐるぐる回る。

「あんっ、もっ、と、してっ……っ……」

彼が与えてくれる快楽に、琴葉は溶けてしまっていた。琴葉の甘いおねだりを聞いた彼は、さらに大きく腰をグラインドさせた。ゆさゆさと揺さぶられた琴葉の身体は、また高みへと昇りつめていく。

(あ、んっ……も、うだめっ……！)

「あっ……あんっ……ひ、あああああああっ」

琴葉の襞が収縮し、彼から欲望を搾り取ろうとした……が、彼の楔は熱を籠らせたままだった。

「まだ俺はイッてない。もう少し楽しませてもらう」

「あああああっ！」

絶頂に達したばかりの身体は、またあっけなく頂点を迎えてしまう。それでも彼は、容赦なく琴葉に甘い責め苦を与え続けた。

「ああんっ、もう、だめえっ」

「まだ欲しがってるぞ、お前のナカは。俺に纏わり付いて、吸い付くようだ」

「はあんんっ」

胸の蕾も、膨れた花芽も、指で擦られ、抓まれ、弄られる。奥を突かれて何度達したのか、もう琴葉には分からなかった。

肌を震わせ、甘い声を上げ、彼の熱を受け止める。その繰り返し。

琴葉の蜜の香りと掠れた甘い声が満ちたベッドルームに、カーテンの隙間から朝日の帯が入り込んだ頃――彼女の意識は完全に途切れてしまったのだった。

＊＊＊

その後の陸の行動は速かった。

琴葉がぐったりと眠っている間に、創に『これから結婚の挨拶に行きたい』と連絡を取り、その段取りも全て決めてしまっていた。目を覚ました琴葉は、あれよあれよという間に着替えさせられ、車に乗せられ、気付けば実家に着いていた。

感動で涙ぐむ房代に迎えられた琴葉は、そのまま応接間に通された。どっしりとしたアンティーク家具が揃(そろ)えられていたそこには、創と周五郎が待っていて、ソファに座っても、琴葉の心臓はばくばくと大きな音を立てたままだった。

Vネックセーターにワイシャツ姿の創に、紺(こん)色の着流し姿の周五郎。にこやかな創とは対照的に、周五郎はむすっとした表情を浮かべている。

「多分、こうなるだろうと思っていたよ」

全ての説明を終え、陸が『琴葉さんと結婚させて下さい』と頭を下げた時、創は微笑みながらそう言った。

「お父さん？」

戸惑う琴葉に、創はふふふと含み笑いをして陸の方に視線を向けた。釣られて琴葉も隣の陸を見上げたが、彼の顔はいつものように冷静なままだった。父の隣に座る祖父は、まだむっとした顔付きだったが、お茶を運んできた房代が『お嬢様がお嫁に行かれるのが寂しいんですよ、大旦那様は』と言うと、皺(しわ)を深くしてそっぽを向いてしまった。

「八重倉――いえ、氷川さん。琴葉は優しい子です。私達家族のことを思いやるが故に、自分さえ我慢すれば、と無理をしてしまいがちなのです。どうか、琴葉をよろしくお願いいたします」

深く頭を下げた創に、陸が姿勢を正して言った。

「琴葉さんのことは、私が守ります。彼女一人に辛い思いはさせません。何があっても、

「二人で力を合わせて乗り越えていこうと思っています」

「陸さん……」

力強い声に、琴葉の目頭も熱くなった。創の傍に立つ房代ももらい泣きをしたのか、ハンカチで涙を拭いている。周五郎の口元もぴくりと動いたが、何も言わない。創はそんな周五郎を見てから、琴葉に向き直った。

「琴葉。この家は何も心配せずとも大丈夫だ。お前が嫁に行く時のことを考えて、すでに分家にも話をつけてある。そちらから跡取りを選ぶことになるだろう——あの家は、男兄弟が二人いるから」

今まで考えたこともなかった案に、琴葉は目を丸くした。

(そう、よね。家を継ぐなら、従弟達でも構わないんだわ)

水無家の子どもは自分一人だけだから、私が何とかしないとと背負って来た肩の荷が下りた気がした。分家の彼らはまだ学生だが、どちらも優秀だし問題ないだろう。ふうと溜息をつく琴葉を見た周五郎の眉が、再び上がる。

「氷川財閥といえば、日本でも指折りの大財閥だろう。そんなところに嫁いで苦労しないのか。我が家はかつて華族だったとはいえ、所詮地方の一旧家に過ぎない。周囲に『財閥当主夫人に相応しくない』などと言われて、琴葉が辛い思いをしたりしないのか」

周五郎は厳しい目で陸を見据えている。膝の上でぐっと握られた筋張った手が、彼の思いの強さを表していた。

「……ご心配はもっともです。ですが、結婚については私の好きにしてよいと、父からも言われております。口やかましい輩がいないとは言えませんが、琴葉さんの人となりを知れば、皆祝福してくれるでしょう。彼女は素晴らしい女性です。少なくとも私の父母は大歓迎してくれると確信しています」

陸は周五郎を真っ直ぐに見返し、きっぱりと言い切った。琴葉は、彼の台詞を聞き熱くなった頬を手で押さえる。そんな娘の様子を見た創は、また嬉しそうに笑った。

「お義父さん。琴葉は氷川くんと一緒になりたいと願っているのです。この子の幸せを思うなら、好きにさせてやりませんか」

「む、う……」

しかめっ面をしてはいるが、自分を心配してくれているのはひしひしと伝わってくる。琴葉の喉の奥から熱が込み上げてきた。

「おじい様」

琴葉は掠れた声を出し、何とか笑顔を作った。

「私は大丈夫です。だって、陸さんがいてくれる——から。この人の隣にいたいんです」

隣を見上げると、彼も琴葉を見つめていた。

温かく大きな手が琴葉の手に重なる。それを見た周五郎は、むっと口を曲げたが、

「……琴葉を不幸せにしたら、許さんからな」と陸を睨み付けた。

「ありがとうございます。必ず彼女を幸せにします」

「ありがとう、おじい様」

陸と琴葉が頭を下げても、周五郎の皺は深いままだったが、そんな彼とは対照的に、創と房代は本当に嬉しそうに笑ったのだった。

「全く大旦那様ときたら。お嬢様が可愛くて仕方がないとはいえ、最後まで拗ねていらっしゃいましたね」

そう苦笑する房代に見送られて、陸と琴葉は水無家を後にした。実家を去る時にはいつも、たまにしか帰らない後ろめたさに胸がちくりと痛んだものだが、もうその痛みを感じることもなかった。

「琴葉」

緩くハンドルを切った陸が、静かに言った。

「お二人のことが気に掛かるなら、しばらく実家にいるか？　落ち着いた頃に戻ってきてくれれば、俺はそれでもいい」

「陸さん」

琴葉は首を横に振った。

「父が心配するなと言っていたでしょう？　その言い付けを守らず戻ったら、父にも房代さんにも怒られてしまいますよ」

「そうか」

琴葉は彼の端整な横顔を見つめた。いつだって冷静で、無表情気味で——でも、こんなにも優しくて。彼はいつだって、琴葉のことを第一に考えていてくれる。

胸の奥が温かくて、だからこそ痛かった。誰にも感じたことのない想いが心から溢れそうになる。

「……ありがとうございます、陸さん。——あなたを好きになって良かった」

「——……っ、そう、か」

真っ直ぐ前を向いている陸の頬が、赤く染まっていた。表情は全く変わっていないのに、耳まで赤い。その様子に琴葉は目を丸くした後、ゆっくりと口元を綻ばせた。

言葉数が少なくて、冷静に見えるけれど……本当は激しい感情を持った優しい人。

「私では氷川財閥に相応しくないかもしれませんが、一生懸命頑張りますね」

そう言うと、陸はじろりと横目で睨んできた。

「俺が選んだ時点で、琴葉は俺に相応しい女だ。自信を持て」

「陸、さん……」

じわりと涙が滲んでくる。こんな素敵な人の隣に立つ自信はまだ持てないけれど――

でも、この人に大切にされているという自信は、この人が持たせてくれた。琴葉は指で涙を拭き、「はい、課長」とこれまでのように返事をした。

「……家に着いたら、ドロドロに溶かして俺から離れられなくなるようにしてやるから――覚悟しておけ」

そう低い声で呟いた陸の頬骨の辺りは、赤く染まっている。琴葉は身体の奥が熱くなるのを感じながらも、それ以上は何も言わないことにした。

＊＊＊

氷川興業本社の専務室は今日も慌ただしかった。紺色のスーツを身に纏い、艶やかな黒髪を一つに括った女性が、年代物のどっしりとした木のデスクの前に立っている。彼女は、パソコンを見ている男性に、にこやかに告げた。

「こちらにプロジェクトの進捗状況をまとめました。また、本日会食を予定していた大和井工業の社長より、体調が優れないため、日程を変更していただきたいとのご連絡がありました」

「……そうか」

視線をモニタから外し、眉間を揉んだ男性は、すっと立ち上がった。左手首に嵌めた時計を見ながら、女性の傍に歩いて行き、彼女の腰に右手を回して引き寄せる。びっくりしたらしい女性が叫んだ。

「っ、専務!?」

「陸、だろ？　琴葉」

ちゅ、と音を立ててキスを落とす陸に、琴葉は赤くなりながら「もう……仕事中なんですから」と抗議した。

「ちょうど会食に行く時間だったんだから、いいだろ？　長めの昼休みを有効活用してるだけだ」

さらに迫ってこようとする陸の口元に、琴葉はぱっと右手を当てた。

「お食事が先です。ちゃんと食べないとダメですよ？」

陸はやれやれ、と肩を竦めたが、琴葉の腰に回した手は離さない。

「なら、弁当を注文してくれ。食べに行く時間があったら、妻を食べたい」

「……もう！」

にやりと笑う陸をひじで小突いた後、琴葉は腕からするりとすり抜け、弁当の注文の為にスマホを手にした。陸は来客用のソファに座り、大人しく琴葉を待っている。電話を掛けながら、琴葉はぼんやりとこう思った。

——こんなに幸せでいいのかしら……

あれから結局、琴葉は氷川興業本社に再就職することになった。

陸の両親に挨拶に行った時に、彼の父である氷川恭吾から、自社に戻って専務となった陸の秘書として、直々にスカウトされたからだ。

恭吾とその妻海香は、すぐに琴葉を気に入り、結婚にも賛成してくれた。その時、恭吾に『今までのキャリアを活かす気はないかね?』と秘書の件を切り出されたのだった。『で、でも私は営業補佐の経験しかないのですが……』と焦る琴葉に、恭吾はにっこりと微笑んで言った。

『息子の秘書が務まる人材がなかなか見つからなくて、困っていたところだった。でも、あなたならしっかり務めてくれそうだ』

陸が年を重ねたらこうなるだろうと思われる整った顔立ちに、ロマンスグレーの髪。思わず頬を染めて俯いた琴葉を、隣に座る陸が抱き締めて父親を睨み付ける、という一幕もあったが、陸も琴葉を秘書にと望んだため、彼女も決意を固めたのだった。

一刻も早く結婚したいという陸の希望で、結婚式は家族に挨拶をしてから僅か三ヶ月後、水無の家に神職を呼び、厳かに執り行われた。

氷川財閥の跡取りの挙式ともなると、豪勢な披露宴を開かなくてはならないかと思いきや、陸の『琴葉の花嫁姿を親戚連中になぞ見せたくない』の一言で身内のみの式となったのだ。創も房代も手放しで喜んでくれ、白無垢を着て三々九度の盃を交わす琴葉を見る周五郎の目には、涙が浮かんでいた。

挙式後の琴葉はすぐに陸のマンションに移り住み、彼の秘書となって今に至る。

（忙しかったせいで、新婚旅行もまだだけど、今の仕事が一段落したら、のんびり二人きりで過ごそうって言ってくれたのよね）

仕事自体は、陸のスケジュール管理がメインだ。営業補佐だった前職の経験も活かせる仕事だし、直接陸の手助けが出来るのが、琴葉にとっては嬉しくて、より一層頑張ろうと思っているのだが——

（……もう少し、時間と場所を考えてくれたって……）

仕事中は厳しい専務なのに、空き時間が出来ると、すぐに甘い夫に豹変してしまう。誰が来るか分からないからと必死に逃げる琴葉を抱き締め、秘書室に『専務室に誰も寄こすな』と厳命した後、琴葉を蕩けさせてしまうことも度々ある。

「ほら、琴葉」

右手を琴葉に差し出した陸。琴葉は自分と彼の左薬指を交互に見る。プラチナと金の細い蔓が絡み合ったデザインの結婚指輪は、彼が特注で作ってくれたもの。お洒落な作りだが、使用されているのは小ぶりの石で、仕事中でも付けていられる。

『琴葉は俺のものだと周囲に知らしめたい。そして俺も、琴葉のものだと』

（そうよね、私は陸さんのもので……、陸さんは私の……）

琴葉は手を広げて待ち構える夫に近付いていく。温かな胸の中に引き寄せられた彼女は、甘いキスを受けるために、そっと目を閉じたのだった。

八重倉課長の裏の顔は

――随分と古い眼鏡だな。

最初彼女から受けた印象は、それだけだった。

＊＊＊

――それは四年前のことだった。

「やっと戻って来れたか」

溜息をついた陸に、隣を歩く凛久が、ぶぶっと吹き出した。

「戻ってって……お前、本来あっちがホームだろうが」

「それはそうだが」

氷川興業本社から櫻野産業に戻って来た陸が感じたのは、紛れもなく安堵感だった。

見慣れた玄関ロビーのガラス扉を見た瞬間、緊張感が解れていったのも事実だ。

（親父も俺の希望を聞き入れてくれて良かった）

課長に昇進したばかりだし、あと数年櫻野産業で頑張りたいと言った陸に、氷川財閥当主である父、氷川恭吾はあっさりと承諾の意を示した。おそらく息子がそう言い出すのを予測していたのだろう。

『お前が今戻って来たところで、あまり役に立ちそうにもないしな』

そう言ってにっこりと微笑んだ父は、我が父ながら底意地が悪いと思う。

（あの時声を掛けてくれた櫻野社長には感謝してもしきれない）

大財閥である実家の跡継ぎとして、周囲から期待される毎日。陸も当然、真面目に努力してはいたものの、『氷川の御曹司』としてしか見てもらえないことに、いつしか苛立ちを覚えるようになっていた。

大学生のうちから、インターンシップ制度を利用して本社に通っていた陸は、『跡取り息子だから』と擦り寄られることも、逆に遠慮されることもしばしばあった。おまけに、当主夫人の座を狙う女性達に追い回され、特に女性に対してすっかり嫌気が差してしまっていた。

『氷川の名と関係ない場で実力を磨きたい』

そう父に告げた陸に、たまたま家に遊びに来ていた櫻野社長が『じゃあ、うちに来ないか、陸くん。氷川みたいに大企業じゃないが、うちなら君のことを知っている人間も少ない。私もただの新入社員として扱う』と言ってくれた。父も長年の友人である櫻野のところならと了承し、それを知った従弟の凛久が『なら、俺もそこに行く。お前が八重倉を名乗ればいいだろ？』と申し入れをしてくれたのだ。

氷川陸と八重倉凛久を入れ替えるのは、さほど難しいことではなかった。名前の読み仮名は同じで、『ひかわりく』も『やえくらりく』も、実在するからだ。父によく似た顔は、眼鏡を掛けて誤魔化すことにした。そんな陸を見て、父は眼鏡一つで印象が変わるものだな、と感心したように呟いていた。

――櫻野産業に入社した途端、『氷川凛久』の噂は社内を賑わせた。彼は陸に比べて、派手な雰囲気を漂わせており、女性に対しても物腰柔らかだったため、早々に『社内の王子様』だともてはやされることになった。一方、騒がれることが苦手な陸は、凛久が注目を集めてくれたおかげで、仕事に専念することが出来た。

同期の中では早々と課長に任命されたのも彼のおかげだと、陸は凛久に心から感謝していた。

（二、三年で成果を出して、それから）

ブブーッブブーッ……

「あ、俺だ。先に行っておいてくれよ、八重倉」

「ああ」

スマホで会話を始めた凛久を置いて、先に玄関ロビーに入る。ダークグレーのスーツを纏（まと）った身体は、薄（うっす）らと汗ばんでいた。空調で程よく冷やされた空気が心地いい。

（……ん？）

とその時、玄関ロビーをふらふらと覚束（おぼつか）ない足取りで歩く、紺（こん）色のスーツ姿の女性が目に入った。青ざめた顔をした彼女が、ぺたんと尻餅をついた弾（はず）みで、掛けていた眼鏡が床に落ち、陸の方へと滑（すべ）って来る。陸は屈（かが）んで眼鏡を拾うと、女性に近付いた。

「大丈夫か？」

彼女はぼうっとした目でこちらを見上げ、眩（まぶ）しそうに目を細める。

「は……い、だいじょうぶ、で……」

よろよろしながら立ち上がろうとした女性に、咄嗟（とっさ）に手を差し伸べた。掴（つか）んだ手の指先は、ひどく冷たい。

「こちらへ」

女性を支えながら、ロビーの片隅にある休憩スペースへと連れて行く。ソファに座らせ、眼鏡を渡そうとした時、つるを支えるねじが抜けてなくなっていることに気が付いた。

（随分と古い眼鏡だな）

フレームとつるが木製だ。珍しいなと思いながら、先程眼鏡を拾った場所に戻り、床の上に転がっていたねじを拾い上げた。上着の内ポケットから小さな工具ケースを取り出し、ねじを専用ドライバーで締めて動きを確認する。

「これを。緩んでいたねじは締めておいた」

女性のもとに戻って眼鏡を手渡すと、彼女は「ありがとうございます」と弱々しく微笑んだ。化粧慣れしていない顔に、どこかぎこちない雰囲気からして、面接に来た学生だろうか。少し休んだためか、数分前に比べると、頬に赤みが増してきたように見える。

電話を終えた凛久が近付き、状況を見て目を丸くした。陸が腕時計を見ると、今日の結果を社長に報告する時間まであと僅(わず)かしかなかった。

「氷川、彼女を頼む。俺は社長のところに行ってくる」

陸と女性を交互に見た凛久は、「了解」と小さく頷(うなず)いた。陸はちらりと女性を見下ろしたが、そのまま凛久に後を任せて、早足でその場を立ち去ったのだった。

「そうか、氷川会長も承諾してくれたか。いやあ、君のような優秀な社員に今抜けられるとこちらも困るから、助かったよ」

陸があと数年は社に残れることを聞いた櫻野社長は、手放しで喜んでくれた。

廊下を歩きながら、ふと先程の女性を思い出した。白すぎる肌に大きな瞳。薄く差した口紅が初々しかった。眼鏡も型こそ古いが、使い込まれた艶(つや)があり、大事にしているのだろうなと感じられた。

（あの後どうなったのか、凛久に聞いておかないといけないな）

凛久からは、『あの後すぐ、俺も離れないといけなくなったんだが、その頃には顔色はだいぶ良くなっていたよ。受付嬢にも後を頼んでおいたし、大丈夫だろう』と言われた陸は、それきり彼女を思い出すこともなかった。

「……今日からこちらに配属になりました、営業補佐の水無琴葉です。どうぞよろしくお願いいたします」

陸の机の前でぺこりと頭を下げる新入社員が掛けている眼鏡を見て、陸は彼女のことを思い出した。艶やかで真っ直ぐな黒髪を一つに括り、あの時と同じような紺色のスーツを着た彼女は、真面目な顔をして陸を見ている。

「営業の長谷川透です。よろしくお願いいたします」

水無の隣に立つ背の高い男性も勢いよくお辞儀をする。陸は二人に向かって声を掛けた。

「俺は営業一課の課長をしている、八重倉だ。君達の指導を担当することになった。何か分からないことがあれば、いつでも聞いてくれ」

「はい！」

やる気に満ちた彼らを見た陸は、「まず、メンバーに紹介するから」と二人を連れて、各部署へ挨拶に行った。この時もまだ、陸の中での琴葉の認識は『新人の一人』というだけの存在だった。

「この書類のグラフはやり直しだ。色を変えてもう少し見やすくなるよう心掛けろ。それから文字の位置も読む順番を考えて入れ替えるように」

「分かりました、やり直します」

お辞儀をして自席に戻った水無に、向かいの長谷川が話し掛けている。一部始終を見ていた凛久が、「彼女、頑張るねえ」と呟(つぶや)いた。

「そうだな」

自分は仕事に関しては厳しいという自覚がある。今までの女性営業補佐も、擦(す)り寄って来る割には、陸が本気で指導するとすぐに音(ね)を上げていた。そんな中、水無琴葉はあくまで自然体だった。指摘したことは必ず直してくる。同じ間違いはしない。厳しい指導に泣き出すこともない。非常に教えがいのある部下だった。

「八重倉は言葉がきついからなあ。真っ当な指摘をしてるだけなのに誤解されるだろ？そのむすっとした顔をやめて、少しでも笑えばまた違うぞ」

にっこりと笑顔を見せる凛久に、陸は溜息をついた。

「俺は元々こういう顔だ」

愛想良くするだけでも違うのになあ、と凛久は残念そうに言う。立ち去り際に「やあ頑張るね、水無さん」と水無に声を掛けた彼は、そのまま部屋を出て行った。

やれやれ、とその背中を追っていた陸は、水無が物言いたげに凛久の背中を見つめていたことに気が付いた。だが、その時はまだ、水無みたいな真面目な社員でも凛久に見とれるのか、程度にしか思っていなかった。


「まだ残っていたのか」

顧客先を回り終え、業務時間を過ぎてから帰社した陸は、課内に一人残っていた水無に声を掛けた。書類から顔を上げた彼女は、にっこりと微笑みを浮かべた。

「お疲れ様です、八重倉課長。キリのいいところまで伝票を処理したら、帰宅します」

「そうか。早めに帰れよ」

「はい」

自席にビジネスバッグを置いた陸は、横目で彼女の様子を窺った。水無はすでに伝票に目をやり、パソコンの画面と見比べている。

彼女の入社からもう二年が経ち、水無は優秀な営業補佐として業務をこなしていた。

（真面目だな、水無は）

どちらかと言えば控えめな彼女は、目立つ行動はしないが、痒い所に手が届くような気配りが上手い。資料作成も得意らしく、データの集計や分析、そしてそれをグラフ化することが苦手な長谷川が、よく彼女に手伝ってもらっていることも知っていた。仕事を腰かけ程度にしか思っていない女性社員にはウンザリしていたこともあり、仕事熱心で真面目な彼女への評価は、高くなる一方だった。

「八重倉、ちょっといいか？　……あれ、水無さんもいたの？」

バインダーを持った凛久がドアを開けて部屋に入ってきた。微笑む彼に、彼女はぎこちない笑顔を返す。

「はい、もう直に終わります」

「そう？　無理しないようにね。水無さんは真面目だから、無理するんじゃないかと心配だな」

柔らかい口調で凛久が言うと、彼女の頬がほんのりと赤くなる。

「だ、大丈夫です。ありがとうございます、氷川課長」

（――ん？　何だ……？）

陸は眉を顰めた。

一瞬自分の心に過ったのは、慣れない感情だった。凛久が女性に声を掛けるのは、別に珍しいことではない。女性に優しい凛久は、社内でも『王子様』と呼ばれる程の人気者だ。水無が凛久に惹かれても、何の不思議もない――はず、だが。

「どうした、八重倉。ぼーっとしてるぞ」

凛久に声を掛けられた陸は、はっと従弟（いとこ）を見上げた。不思議そうな表情を浮かべる彼に、「何でもない」と陸はお茶を濁（にご）した。

「ふうん？」

凛久の意味ありげな視線を無視した陸は、彼に仕事の話を促（うなが）したのだった。


それから、少しずつだが彼女への興味が湧（わ）いてきた。彼女はどんな時に微笑むのか、誰とよく喋（しゃべ）っているのか、どんな段取りで仕事をしているのか、そしてどんな服装を好むのか。そんな些細（ささい）な情報を無意識に集めている、と自覚した時、陸は愕然（がくぜん）とした。

（水無は俺の部下だ。それ以上の興味を持つのは……）

そんなことになれば、仕事にも影響を及ぼしかねない。櫻野産業は社内恋愛に比較的理解がある会社だが、氷川興業本社での先例もある。あまり目立つことはしたくはなかった。

――だが、それでも。

「おかえりなさい、八重倉課長。冷たい麦茶入れておきますね」

「会議の資料の整理、終わりました。チェックお願いいたします」

「副社長からお電話がありました。社に戻られたら、副社長室に来るようにとのことです」

彼女の穏やかな声や微笑みを浮かべた口元がやたらと気に掛かる。そして、どう見ても水無に気がある長谷川の態度に苛々している自分にも気が付いた。

小柄でほっそりとした身体。淡い色の洋服がよく似合っている。色白で滑らかな肌は、触れるとどんな感触なのだろう。艶やかな髪に指を走らせたら、彼女はなんと言うだろう。彼女を見ていると、そんなあらぬ妄想までもが浮かんでくる。

だからこそ、気が付いたのかもしれない。水無が——琴葉が凛久を見つめているということに。

(凛久のことが好きなのか?)

だが彼女は、自分から凛久に声を掛けるなど、あからさまな行為は全くしていない。陸のところに来る凛久を、ちらちらと見ているだけだ。そして凛久に話し掛けられた時に見せる切なそうな瞳——陸の胸の中に、苦い思いが染みのように滲む。

凛久は仕事が出来る上、性格も明るく社交的だ。すらりとした体躯に整った顔立ち。過去に付き合った女性は数多くいるが、別れ方の上手さから恨みを買わないという器用さも持ち合わせている。凛久なら彼女を大切に出来るだろう。

(……だが、だめだ)

何事にも真面目な琴葉は恋愛に慣れていないはずだ。凛久の気が変わって別れることになったら、きっと傷付くに違いない。

（それなら彼女が凛久を好きだと言っても――、俺は）

応援出来ない。俺は彼女が――

はっと気が付いた陸は、髪をくしゃりと掻いた。

「……ああ、そうか」

いつの間にか、彼女の後ろ姿を追っていた。他の男性が話し掛けるのを見ると、苛立ちを感じる。彼女が「お疲れ様です」と微笑みながら声を掛けてくれるのが嬉しくて――

今更気付いたのか、と陸は自嘲気味に嗤った。

（知られないようにしなければ）

熱くて苦い想いを表に出す訳にはいかない。自分では何とも思っていない直属の上司から好意を告げられても、彼女を困らせるだけだろう。凛久だって、俺の気持ちを知れば困るだけだ。

そう考えた陸は、小さな痛みと共にこの想いを胸の内に秘めることに決めた。上司として、彼女が困った時に力になれればそれでいい、そう思うことにする。

それが崩れてしまったのが――あの飲み会だった。

「へえ、水無さんって結構イケる口なんだね？」

　自分の右に座る凛久がそう言うと、琴葉は緊張したような顔で微笑んだ。陸は彼女の前に並べられた空のグラスを見て眉を顰める。明らかに飲み過ぎだ。彼女は普段、飲み会の席でここまで飲まない。今日は何を考えているのか、最初からペースを飛ばして飲んでいる。

「飲み過ぎじゃないのか、水無」

　思わず琴葉に声を掛けると、彼女の視線が凛久から自分へ向いた。すでに酔いが回ってきているのか、少し赤らんだ頬が妙に色っぽい。心の奥底がざわめいた。

「まだ大丈夫です、八重倉課長。それに、たまにはいいかなって思って」

　どう見ても無理をしているくせに。

　陸はくっと口を歪めた。それを見た凛久が、「まあまあ、八重倉」と仲裁に入る。

「今日は一課二課の合同飲み会なんだし、あまり堅いこと言わなくてもいいじゃないか。水無さんだって飲みたい時もあるだろ？」

　凛久の言葉にも苛立ちを感じつつも、陸はさらに釘をさした。

「あまり羽目を外すな。分かったな」

　琴葉は小さく頷いたが、陸は安心できなかった。グラスに触れる細い指先も、どこか思い詰めたような表情も、緊張しているようにしか見えなかったからだ。

（何を考えてる？）

問い質したいところだが、皆のいる前では話せない内容かもしれない。周囲にも目を光らせつつ、陸は気を抜かずに琴葉をじっと観察することにした。

――特に何をする訳でもなかったか。

手を洗いながらそんなことを考えていると、隣からいきなり何かを噴き掛けられた。

「っ、何だ？」

見れば、凜久がくすくす笑いながら、香水スプレーをポケットにしまうところだった。

「これで酒臭さも取れるだろ？　いい男は香りにも気を遣うものなんだぜ？」

「お前……」

腕の辺りから凜久お気に入りのオーデコロンの香りがする。溜息をついた陸が凜久と揃って手洗いから出ようとした時、凜久が「あ、ちょっと先行っててくれよ」と手洗いの扉の中に逆戻りした。

（あいつも飲み過ぎてたよな）

外に出て、長い廊下を歩き出そうとした瞬間――「あのっ……！」と後ろから声がした。振り返った途端、柔らかい何かがぶつかってくる。

（水無琴葉……っ!?）

驚いて立ち止まった陸の身体に、琴葉の腕が回された。アルコールで熱を持った身体が、自分に抱き付いている。陸と小柄な琴葉では身長差があるから、彼女の顔が胸元に埋まり、どんな表情をしているのか窺えない。肩に手を掛けようとした時、琴葉が掠れた声で叫んだ。

「お願いです！　わ、わ……私を抱いて下さいっ！」

思わずびくっと身体が震えた。今、彼女は何と言った？　私を——抱いて下さい、だと？　俺に？

（まさ、か……）

お前も俺と同じ気持ちでいてくれたのか？　熱い思いが腹の底から湧き上がってきた、まさにその次の瞬間——奈落の底へと叩き落とされる。

——「お願い、氷川課長……」

自分の顔が強張るのが分かった。そのまま琴葉はぐったりと陸に身体を預け、腰に回った腕が下に落ちる。

細い腰に手を回して身体を支え、顎に手を当てて顔を上に向かせる。瞳はもう、閉じられていた。すやすやと寝息を立てているところを見るに、酔いが完全に回ったらしい。紅潮した頬に薄く開いた唇。まるで食べて欲しいと言わんばかりのその姿に、岩でも呑み込んだのかと思う程、胸から腹の辺りが重くなった。

（凜久に……抱いてくれ、だと……？）

今日、緊張した様子だったのは、このためだったのか。凜久に抱いて欲しいと迫るつもりで？　そんなにあいつのことが好きだったのか？

（もし今、ここにいたのが凜久だったら）

あいつが琴葉を特別な目で見ていないことは知っているが、こんな風に迫られたなら――

（――許さない）

身体を支える手に力が入った。

許さない。許せない。こうして俺の腕の中にいる柔らかな存在を、他の男に渡すなんて出来ない。それがたとえ、親しい従弟だったとしても。

「ん？　陸、こんなところで何して……水無さん？」

凜久が手洗いから出てきて目を丸くした。陸は琴葉を抱き締め、彼に告げる。

「俺と水無の荷物を取って来てくれないか。もう寝てしまっているから、送っていく」

陸と琴葉を交互に見た凜久は、意味ありげににやりと笑った。

「分かった。先に入り口のところに行ってろよ。皆には俺から伝えておく。――酒の匂い消しに、俺がコロン振りかけたおかげじゃないのか？」

陸は凜久を睨むと、琴葉の身体を抱き上げて入り口へと向かう。琴葉の身体は軽かった。手足は細いのに、胸は豊かな曲線を描いている。はあと熱い吐息を漏らす唇が、誘っているようにしか見えない。

(お前は凛久が良かったのか?)

だとしても、もうあいつには渡さない。抱いて欲しいのなら、俺が抱く。凛久のことなど忘れさせてやる。

凛久から荷物を受け取り、タクシーに乗った陸は、隣で何も知らずに寝ている琴葉を見つめながら唇を歪めて笑った。

「ん……」

薄暗いホテルの寝室で、ぴんと張ったシーツの上に琴葉を下ろすと、彼女は吐息のような声を漏らした。だが、全く目を開けない。やはり飲み過ぎていたのだろう。陸はベッドサイドの灯りをつけ、そこへ眼鏡を置いた。上着とネクタイを脱ぎ、スプリングのきいたベッドに腰かける。

「琴葉」

黒い髪が白いシーツに広がっている。右手で頬を撫でると、赤みを帯びた口元が少しだけ綻んだ。

皺になったブラウスのボタンを一つ一つ外していくと、白い肌に合う真っ白なレースの下着が露わになった。思わず息を呑んだが、邪魔な布を脱がす指は止めない。意識をなくしている女性の服を脱がすなんて真似を、自分がすることになるとは思わなかった。

だが、止められない。あの『抱いて下さい』という言葉を聞いた時から、こうしたくて堪らなかった。

「綺麗だ……」

思わずほうと溜息が出た。シミ一つない滑らかな肌。魅惑的な膨らみの上で誘うように咲いている淡いピンク色の乳輪。肌寒さを覚えたせいか、蕾もやや立ち上がっていた。胸から腰へのラインを目で辿る。秘められた部分を覆う茂みも柔らかそうだ。ああ、本当に……

直接肌を触れ合わせたくて、陸も衣類を全て脱ぎ捨てた。それからベッドに上がり、薄い上掛けを引っ張り上げ、自分と彼女の身体を覆う。四つん這いになった陸の下には、愛しい眠り姫の姿があった。

「……好きだ」

開いた唇に自分のそれを重ねる。何の抵抗もないのをいいことに、甘い唇を何度も何度も啄む。肌と肌が触れ合う度に香る甘い匂いが、陸の欲望を煽り立てた。香水ではない。琴葉自身の香りだ。

首筋から鎖骨の方へと指を動かす。自分とは違う柔らかな肌は、手に吸い付いてくるような感触だった。左手で張りのある胸を覆い、弾力を確かめる。先端を親指で擦ると、蕾が硬く尖ってきた。

「ん、あ？」

琴葉の目が薄く開いた。蕾を指先で弄ると、ぴくんと小さく身体がしなる。

「やえ、くら……かちょう？」

どこか頼りない声に陸は顔を上げて、彼女の瞳を覗き込む。赤く染まった頬に潤んだ瞳。半分開いた唇が美味そうで、思わず生唾を呑み込んだ。

「琴葉」

そう名前を呼ぶと、彼女は目を瞑って小さく笑った。

「かちょう、には……いいぶか、だ……って思って欲し……」

「え？」

陸は目を見張った。彼女は今、何を言った？

（いい部下だと思って欲しい……？）

「……わすれ、ないで……」

「琴葉？」

肩を掴んで揺らしたが、もう彼女の目は開かなかった。今度こそ、深い眠りに入ってしまったらしい。その寝顔をまじまじと見た後、陸は深い溜息をついた。

「はあ……」

右手でくしゃりと前髪を上げる。『いい部下だと思って欲しい』なんて言われてしまっては……。

「くそ」

陸は身体を起こし、一旦ベッドから下りた。床に落ちた衣類を椅子に掛けた後、もう一度琴葉の隣に戻る。温かい身体を抱き寄せ、肌と肌を触れ合わせた。胸の谷間に吸い付き、赤い痕を肌に残す。

（ったく……酔いが覚めたら、覚えてろよ）

上掛けで互いの身体を覆い、陸は目を閉じた。安らかな顔で眠る琴葉と違い、自分はきっと眠れないだろうと思いながら。

「いやっ……！」

（……ん……？）

薄ぼんやりとした意識が、ゆっくりと戻ってくる。寝られないと思っていたが、いつの間にか、うとうとしていたらしい。

「……ひ……っ……!?」

琴葉の温もりが肌から離れていく。上掛けがずれ、何やら動く気配がした。

彼女が床に落ちる鈍(にぶ)い音がしたが、陸はわざと気付かないフリをして様子を窺(うかが)った。

「あ……あ……」

「……ん」

布の擦(す)れる音がする。薄目を開けると、着替えた琴葉がショルダーバッグを抱えて早足でドアに向かうところだった。パタンとドアが閉まる音が響いた後、陸はゆっくりと上半身を起こし、両脚を床に下ろす。

(逃げたか)

さて、これからどうするか。陸は考えを巡らせた。今日は自分が決裁しないといけない書類があったはず。ということは、真面目な琴葉は必ず出社してくるだろう。

(琴葉は、彼女はどう思っている?)

今朝、凛久ではなく、俺が隣にいたことを。おそらく、酔って抱かれる相手を間違えたのだと思うだろう。直属の上司で堅物と噂される俺が相手なら、琴葉は——? これまで彼女の行動をつぶさに観察していた陸は、彼女が取るであろう態度は容易(たやす)く想像出来た。

(最初はそ知らぬふりをして、油断させてから捕らえるのが一番確実だな)

「逃がさないぞ、琴葉」

一通りシミュレーションし終えた陸は、薄く笑う。仕事熱心で女性に無関心な『八重倉課長』ではない、琴葉がまだ見たことのない『氷川陸』がそこにいた。

＊＊＊

「……昨夜はお前の方から、俺に抱いてくれと言ったよな？」

「っ！　そ、れはっ」

琴葉の顔が真っ赤に染まる。俯き加減に視線を逸らした琴葉の耳に、陸はゆっくりと囁きかけた。

「あれは俺をからかったのか？」

「……ち、ちが、っんっ」

柔らかな耳たぶを唇で挟む。そのまま滑らかな肌を擦りながら唇を動かした。琴葉の身体がぴくっと震えるが、抵抗はされない。おそらく今、彼女が罪悪感で一杯だからだろう。

(俺と凛久を間違えた、とは言えないだろうな)

琴葉は優しい。陸を傷付けまいとして、何も言わないはずだ。だから——

——俺は、そんなお前の罪悪感を利用する。

(俺はお前とは違う。目的のためなら手段は選ばない)

「だんまりを決め込む気か？　まあ、それでもいい。逃げた罰として俺の好きにさせてもらう」

「えっ……あんんんっ!?」

顎を掴み、柔らかな唇を奪った。舌を差し込み、ねっとりと歯茎をなぞると、柔らかな身体にまた震えが走った。胸板に手を当てて離れようとする琴葉を、一層強く腕の中に閉じ込める。

甘い。琴葉の声も吐息も唾液も、何もかもが甘い。乱れたブラウスのボタンを外し、現れた白い肌に手を添えた。レースの下着越しに張りのある胸を掴むと、琴葉が切なげに身体を捩る。

「やっ、あ、んんっ……」

仰け反らせた首筋に、舌を這わせる。そうしながら胸の先端を指で抓むと、琴葉は悲鳴に近い声を上げる。

「……ひっ、あ！」

硬くなってきた蕾を指で擦り合わせるように弄る。半分開いた唇から、吐息が漏れた。

陸の動きに何一つ抵抗出来ていない琴葉。おそらくこういったことに慣れていないのだろう。そう思うだけで、昏い悦びが陸の心を満たす。

敏感な肌を探ると、琴葉は即座に反応した。ずっと触っていたい程、熱くて滑らかな肌。潤んだ瞳に紅潮した頬が、陸の劣情を駆り立てる。

金具を外し、胸を覆う邪魔な布を上にずらす。おわん型の白い胸がふるんと揺れた。その先端で尖っている赤く充血した蕾に、思わずかぶり付く。

「ひゃあっ⁉」

陸は乳輪に舌を押し付け、ゆっくりと舐めた。琴葉を見上げると、彼女の右手が陸の髪を掴む。

「あ、あんっ、やめっ、てっ、はああんっ」

会社では聞いたことのない甘い声。もう片方の胸を指で弄ると、琴葉の口が半開きになった。温かな肌から立ち上る彼女の匂いに我を忘れそうになる。

（こんな姿を凛久に見せる気だったのか）

許さない。お前は俺の――

腹の底で何かが蠢いた。怒りと欲望が混ざり合った赤黒い蔦が、陸の身体を絡めとっていく。彼の目を見た琴葉が、ひっと息を吸った。一層大きく見開かれた目から、涙が零れ落ちる。

「や、あ……っ」

（嫌、なのか？）

陸の舌が胸から腹の方に移動する間も、琴葉は静かに泣いていた。声を立てずに、唇を噛み締めて、ただ涙を零す。彼女はもう抵抗していない。だが、快楽に身を任せている訳でもないようだ。辛そうな色を滲ませる瞳を閉じたその様子に、陸はぐっと歯を食いしばった。

「っ、くそっ！」

苛立った声にびくんと身体を震わせた琴葉を置いて、陸は身体を離した。薄い毛布を震える白い身体に掛けると、琴葉は陸に背を向けて身体を小さく丸める。時々しゃくりあげているのは、本格的に泣き始めたからだろう。

琴葉を怯えさせてしまった。陸は溜息をつきつつベッドから下り、洗面所に行って冷たい水で顔を洗った。昂った心が少し落ち着いてきたところで、再び戻る。ベッドに腰を下ろし、膝に肘を乗せて足元の絨毯を見た。

「……済まなかった」

琴葉が少し動いた気配がした。

「嫌がる女性に無理強いするなど、男のすることじゃない。かっとなって怖がらせて済まなかった」

「や、えくらか……ちょう」

古い眼鏡を手に取り、琴葉に渡す。毛布の下からおずおずと顔を出して受け取った琴葉が、眼鏡を掛けて陸を見上げた。まだ脅えが残った表情に、胸の奥が鈍く痛む。

「お前は昨夜、抱いて欲しいと俺に縋ってきたにもかかわらず、さっさと逃げ出してしまった。その後もそ知らぬふりをして、今だって何も弁解しなかった。抱いてくれと言ったのは、俺をからかっただけなのかと思った瞬間、理性が吹き飛んでしまった。……言い訳に過ぎないが」

陸が言うと、琴葉が目を丸くした。

「ちが……います。私、からかって、なんか」

そうだな。お前はあの時本気だったのだろう。本気で凛久を。――そう思っただけで怒りが蘇る。

「なら今、何故あれだけ嫌がった？　俺をからかってみたものの、怖くなって逃げたんじゃないのか？」

「違います！」

ぱっと身を起こした琴葉が、毛布を身体に当てて叫んだ。

「……だって！　だって、八重倉課長、怒ってたじゃないですか！　だっ、だから怖かった……！」

（当たり前だろう。お前が凛久を誘ったと知って、怒りを覚えずにいられる訳がない）

「わ、私が、あんなことをしたから……だから、きっと課長は私を軽蔑したって、そう思って……！」

（軽蔑した？　俺が琴葉を軽蔑したと思ったから、怖かったのか？）

琴葉の目から、大粒の涙が零れ落ちる。つっかえながらも必死に話す表情が苦しそうで、陸は思わず手を伸ばしたくなった。

「だ、けど、今朝、会社で顔を、合わせた時、課長はいつも、と同じ態度……だった、から……きっと、昨日のこと覚えてないんだろうっ……て。それなら、そちらの方がいいって思ってた、のに」

「……」

「でも、覚えてて……それで、お、怒ってた、から……こんな、こと、した、んで、しょう……？」

俯く琴葉の肩が小さく震えている。陸の頭の中では、先程聞いた彼女の言葉がぐるぐると回っていた。

（琴葉は……俺に悪く思われたくないのか？　それは）

——俺のことを、少しは思ってくれているのか……？

自身の心臓の鼓動が聞こえる。

琴葉が自分をどう思っているのかはまだ分からない。だが、『軽蔑されたくない』というのなら、少なくとも嫌われてはいないのだろう。

——それなら。

(俺が琴葉をどれだけ思っているのか、分からせてやれば)

堕ちてくるのだろうか。この愛しい女が、俺の腕の中に。——勝機は、ある。

「ごめん、なさ……」

小さく謝る声に我慢出来なくなった陸は、手を伸ばして琴葉を引き寄せた。柔らかくて細い身体を抱き締めると、心が温かさで満たされていく気がする。

陸は溜息をついて、言葉を継いだ。

「なら、俺が怒っていないと言えば、怖くないのか?」

「……え?」

琴葉の肩を掴み、身体を少し離す。陸を見上げる琴葉の瞳に、戸惑いの色が見えた。

「八重倉課長……?」

陸はさり気なさを装って言う。

「お前は俺をからかった訳じゃない、と言った。つまり、『抱いて欲しい』という言葉は、本気だったんだな?」

こう言えば、彼女は必ず肯定するはずだ。優しい彼女は、人を傷付けることを好まない。

俺がからかわれたと思って怒っている、と言ったことを信じているのなら、これ以上俺を傷付けないようにするだろう。

「っ……は、い……」

陸の予想通り、琴葉は小さく頷いた。罪悪感が滲み出た表情を浮かべる彼女を見て、陸の内心に仄暗い悦びが生まれた。

凛久と俺を間違えたという負い目。それがある限り、琴葉は俺に逆らえない。

「ごめん、なさい。きっと不愉快に思われたと……」

掠れた声で謝る彼女の姿に、思わず笑みを浮かべそうになった。

――謝る必要などない。その罪悪感を利用して、お前を手に入れようとしている俺の方こそ、本当は謝るべきなのだからな。

「責任を取ってもらう」

俯いていた琴葉が顔を上げた。きょとんとした表情を浮かべている。

「責任?」

琴葉が俺の言葉を断れるはずはない。分かっていながらも、陸は琴葉に最後通牒を突き付けた。

「お前は『抱いて欲しい』と頼んで、俺をその気にさせた。だから責任を取って、俺と付き合ってもらう」

「つ、きあうって……」

理解出来ていない様子の琴葉を見ても、陸は手を緩める気はさらさらなかった。

「そのままの意味だが？　お前は俺の恋人になる。以上だ」

「こっ⁉」

一瞬で琴葉の頬が真っ赤に染まった。唇を半開きにしたまま、小さく震えている。

「どちらにせよ、もう社内では俺達は付き合っていることになっているんじゃないのか？　あれだけの社員の前で、お前の腕を掴んで退社したんだからな」

「えっ⁉」

琴葉の目が大きく見開かれた。会社で二人のことがどう噂されるか、思い至ったのだろう。その後眉が下がり、途方に暮れたような顔になる。そんな琴葉も可愛かったが、逃がしてやれる気はしなかった。

「これから恋人として鍛えてやるから、覚悟するんだな？　琴葉」

「〜〜〜〜っ⁉」

半分脅しともいえる陸の態度に、琴葉ががくっと肩を落とす。内心ほくそ笑んだ陸は、琴葉に気取られないように顔を引き締めた。

＊＊＊

白い太腿を大きく開かせ、濡れそぼった花びらに楔の先端を当てる。

「あ、ああっ……！」

そのまま、ゆっくりと怒張したそれを侵入させると、琴葉がつま先をぴんと伸ばして呻いた。硬くなった自身に纏わり付いてくる温かくて柔らかな襞の感触に、意識を持っていかれそうになる。本当なら直接感じたいところだが、まだ今は薄い膜越しの逢瀬で我慢していた。琴葉の細い腰を掴み、陸は張った先端を奥の突き当たりまで埋めた。

「は、あうっ……あああああんっ」

それだけで軽くイッてしまったのか、きゅうきゅうと襞が締まる。苦しそうな表情を浮かべ、首を横に振る琴葉。まろやかな胸の赤い蕾は、陸の唾液でてかっている。汗に濡れた白い肌も薄いピンク色に染まり、ところどころに咲く陸の吸い痕と相まって、花が咲いたような妖艶な美しさを醸し出していた。

「すっかりここの形も俺に馴染んできたな」

「やっ……！」

赤い頬が一層赤くなった。初めは入れるだけで痛がっていた琴葉も、今はすんなりと陸の欲望を受け止めている。陸は敢えてゆらゆらと腰を揺らす程度にしか動かなかった。

「あ……っ、あんっ、は、あ」

琴葉の細い指が、シーツをぎゅっと握り締めている。潤んだ瞳で見上げられた陸は、右手で胸の周囲からウェストと、へその周囲を優しく撫でた。

「やあ、んっ」
琴葉が胸を突き上げ、腰も浮かせた。琴葉の身体が何を求めているのかは分かってい
る。だが陸は、琴葉の心も欲しかった。刺激を待ち望んでいる琴葉の左耳に、優しい声
を注ぎ込む。
「琴葉。……もっと感じたいのか？」
「あ……う」
はっきりと口にするのが恥ずかしいのだろう。口籠(くちご)もってしまう琴葉を見た陸は、さら
にゆっくりと手を動かした。乳輪の周囲をなぞるように、なめらかな腹部も円を描(えが)くよ
うに。そして柔らかな茂みの中も緩やかに撫でる。それでも胸の先端や、襞(ひだ)の間から顔
を覗(のぞ)かせている充血した花芽には、僅(わず)かしか触れない。
「あ、んっ……！」
半開きになった唇から、切なげな声が上がる。陸も快楽に流されてしまわないよう、
歯を食いしばった。
「琴葉」
蜜壺の奥にぐりっと先端を擦(こす)り付ける。途端に琴葉がシーツの上でまた跳(は)ねた。それ
でも我慢していた陸に、弱々しい声が聞こえる。
「……っ、も……と」

「……俺にどうして欲しい？」

言ってくれ、琴葉。俺を求める言葉を。凛久じゃなく、俺を。

「あっ、もっ……と、ほし、い……あああああっ！」

『欲しい』という言葉を聞いた陸は、自制心をかなぐり捨てた。腰を激しく打ち付ける。その度に白い胸がふるふると形を変えて揺れる。奥をぐりぐりと攻められた琴葉は、ただただ悲鳴を上げ続けている。

蜜が混ざり合い、粘着性を増して厭らしい音を立てる。右手を伸ばして左胸の蕾を強めに抓んで扱く。その間も、琴葉の弱い箇所をガツガツと突き続けた。

「あっあっあっ、あああんっ！」

黒髪が白いシーツの上で乱れて絡まる。はっはっと琴葉の息が短くなり、肉襞の締まりが強くなっていく。襞から顔を覗かせている花芽をぐいと右の親指で押した瞬間、琴葉の身体に緊張が走った。

「う、あ――っ、ああああああっ！」

びくんと襞が一気に締まった。陸も数秒後、欲望を全て吐き出した。どくんと脈打った楔から、熱い飛沫が膜越しに放たれる。腰から全身に快楽が伝わり、肌が震えた。陸の欲望を呑み込もうとする襞は、もっと搾り取ろうと陸に絡んでくる。快楽の余韻に浸りながら、琴葉の顔を見た陸の目が丸くなった。

（琴葉？）

目を瞑った琴葉の手が、ぐったりとベッドに落ちている。どうやら気をやってしまったらしい。ずっとこのまま温かいナカにいたいが、そうも言っていられない。ずるりと柔らかくなった肉塊を引き出してベッドから離れ、後始末をした。バスルームからホットタオルを持って来て、琴葉の身体を綺麗に拭く。その間、琴葉は目を瞑ったままだった。

陸が再び琴葉の隣に横たわり、彼女を抱き締めた時、琴葉がぼんやりと目を開けた。覗き込んだ瞳に映るモノに、陸は息を呑んだ。

激しい性交の後の気だるさに混ざる、どこか辛そうな色――

「琴葉？」

少しだけ微笑んだ琴葉は、また目を閉じてしまった。寝息を立てているところを見ると、今度こそ寝入ってしまったらしい。陸は息を吐いて、琴葉の頭を右の二の腕の上に置き、左手は琴葉の背中に当てた。こうして触っていると、また勢いを取り戻しつつある部分があるが、琴葉が疲れるため、平日は一度限りと一応制限を付けていた。残念だがこれ以上は出来ないな、と陸は琴葉の温かさを堪能するだけにしておいた。

（さっきの、琴葉の顔は）

何度抱いても、琴葉が陸に全てを打ち明けてくれることはない。『何かあったらすぐに言え』と言ってあるにもかかわらず、だ。

社内で琴葉に辛く当たる女性社員がいると聞いたが、琴葉は泣き言一つ言わなかった。抱いている時は別だが、彼女は陸にどこか一線引いた態度を崩さない。それを崩したくて堪らない。

（辛そうなのは、間違ったことを後悔しているからか？）

その罪悪感を利用したのは、自分の方だ。間違ったとは言えない琴葉に強引に迫り、彼女のハジメテもその後も全てを奪ったのは陸なのに、琴葉はただ、自分を責め続けているような気がする。

まだ、陸に堕ちてこない彼女が、愛おしくて憎らしい。

「……俺から離れられなくしてやる」

陸に馴染んできた身体は、快楽に流されやすくなってきている。敏感な部分を吸い、指で弄り、甘い悲鳴を上げさせる。

（大事に大事に抱いて、何度も何度も肌に刻み込んで、琴葉の方から俺を求めてくるようにしてやる。辛そうな色が消え、快楽に蕩け切った色だけが瞳に残るように。そうすれば、いつかは琴葉も分かってくれるのではないか。俺がこんなにもお前を——）

「好きだ、琴葉」

柔らかな唇に自分の唇を重ねた後、陸は目を閉じて琴葉の匂いの中に浸りきったのだった。

＊＊＊

琴葉が女性社員に言いがかりを付けられている現場を押さえた後、彼女の祖父が倒れたとの連絡を受けた。真っ青になった琴葉を一人にはしておけない。陸は早々に手はずを整え、琴葉と共に彼女の実家へ向かった。

琴葉の祖父、周五郎は寝込んではいたが、眼光鋭い老人だった。孫娘に付いてきた陸を、見定めるような視線を投げてくる。陸は真面目な上司の仮面を被ったまま、彼と会話を続けた。

遅れて登場した父親の創は、物腰柔らかな印象だったが、何を考えているのかよく分からない人物だった。琴葉を使いに出した後、房代も下がらせた創は、骨とう品が飾られたリビングで、改めて陸に向き合った。

創も背が高い方だが、自分の父と比べると、線が細い気がした。元々身体があまり丈夫ではないそうで、心臓の手術をしたこともあり、無理をしないようにしているらしい。やや顔色が白く感じるのも、そのせいだろう。

「八重倉さん」

創が真剣な表情で言葉を切り出した。陸は黙って相手の出方を窺う。

「あなたは、琴葉をどう思われていますか？」

答えを誤魔化すのは得策ではない。創の視線を受け止めそう判断した陸は、正直に話すことにした。

「私は琴葉さんと結婚したいと思っています。ですが彼女は、そこまで気持ちが固まっていないようです。私は琴葉さんの思いを尊重し、待つつもりでいます」

創がやや眉を顰めた。

「あなたはこの家のことを、琴葉からどこまで聞いていますか」

陸は慎重に口を開いた。

「あまり詳しいことは。由緒正しい名家で、琴葉さんが跡取り娘であることは承知していますが」

「そうですか」

そこで創はじっと考え込んだ。陸は姿勢を崩さず、彼の言葉を待つ。

「……琴葉には求婚者がいます。湯下智倫という、琴葉の幼馴染で、湯下不動産の跡取りなのですが」

陸は膝の上に置いた手を握り締めた。創は苦い表情で続ける。

「彼の素行が良くないことは、この辺りでは有名です。過去、義父や私の体調が思わしくなかった時期に、湯下不動産から融資を受けたことがあったのですが、その時から婚約の話も幾度となく持ち掛けられていました。ですが、琴葉が就職する前には完済しましたし、あの子には何も言わず全て断っています。しかし彼は、何故か琴葉に執着しているようで、なかなか諦めてくれません」

創は額に右手を当て、溜息をついた。

「琴葉は真面目で、自分がこの家を何とかしなければ、という思いに囚われてしまっています。確かに我が家は歴史ある家に違いありませんが、琴葉の幸せを犠牲にしてまで守るつもりはありません。それは義父も同じ意見です。……ですが、それを何度琴葉に言っても、あの子には理解出来ないようで。智倫くんは琴葉が私達を心配していることを知っていて、『自分と琴葉を結婚させれば、この家の面倒を見る』などと言ってきたこともありましたが、そんなつもりはないと返しました。もちろん琴葉が望むなら、彼が相手でも私達に文句はありませんが……それで幸せになってくれるのかが、心配なのです」

父親として娘を思う気持ちが、ひしひしと伝わってくる。

「琴葉さんもご家族を大切に思っているのでしょうね」

そう言うと、創が陸を真っ直ぐに見据えた。

「八重倉さん……いいえ、氷川さん。あなたに娘を託しても大丈夫なのでしょうか。あの子が辛い思いをしたりはしませんか？」

氷川。そう呼びかけられた陸は、視線を逸らさず創に聞いた。

「……何故、私の名前を？」

創は口元を小さく歪めた。

「あなたはお父上に瓜二つですから。私も経済界のパーティーに出席することがありましてね、氷川財閥の会長を何度かお見掛けしたことがあるのです」

「そう、ですか」

伊達眼鏡もこの人には通用しなかったらしいな。陸は苦笑し、改めて口を開いた。

「名前を偽っていたこと、大変失礼いたしました。ですが、琴葉さんのことは私が守ります。財閥と言っても氷川家は実力主義ですし、私以外にも優秀な人材は大勢います。必ずしも私が跡を継ぐ必要はありません。琴葉さんが嫌だと言うなら、当主の座は従弟に譲ってもいいと考えています」

もっともその従弟――凛久――は嫌がるだろうと陸は思ったが、そんなことはおくびにも出さなかった。創はしばらくの間、陸をじっと見つめた後、ほうと大きく息を吐いた。

「八重倉さん。琴葉をよろしくお願いいたします。私共も気を付けるようにはしますが、あなたにも守っていただけるなら安心です」

深く頭を下げる創に、陸は頷いた。

「私は琴葉さんを大切に思っています。彼女のことは必ず守りますから、どうぞご安心下さい」

陸の言葉を聞いた創は、ようやく心の底から安心したような笑顔を見せたのだった。

＊＊＊

琴葉を迎えに行こうと、水無家の玄関を出た陸の目に入ってきたのは、派手な格好をした男が琴葉に乱暴している現場だった。それを見た時、陸の中で何かが切れた。琴葉の前でなければ、立てないくらい殴りつけてやったのに、と悔しささえ覚える。去り際のあの男の瞳。諦めていない様子のあれは、また何か仕掛けて来るに違いない。

震える琴葉を抱き締めながら、陸の心の内には冷たい怒りの炎が燃え上がっていた。

――琴葉を傷付ける奴は許さない。

琴葉の白い肌に、あの男の付けた痕があるのも許せなかった。全て自分のもので上書きした後、あんな男のことなど忘れさせてやると、バスルームで、執拗に琴葉を抱いた。

湯気の立つバスルームで、白い身体を震わせていた琴葉。とろんとした目をして、桜色に頬を上気させた琴葉は、堪らなく淫らで魅惑的だった。水滴が弾ける張りのある肌に、いくつもいくつも所有印を散らした。無理をさせてしまったが、琴葉も何度も絶頂に達していた。このまま俺から離れられなくなればいい、そう陸は思っていた。

……それでも琴葉は、陸に何も言わない。

何故、何も言ってくれない？

お前は俺のことをどう思っている？

何故、あの男を切り捨ててしまわない？

肩を掴んで問い質したい。

(けれど、彼女の罪悪感に付け込んで今の関係に持ち込んだのは俺の方だ。彼女が俺と凛久を間違えたことを知られたくないように、俺もその勘違いを把握しながら素知らぬフリをした事実は知られたくない)

もし知られたら、どうなるのか。未だ彼女の心が手に入っていない状態で、危険は冒せない。

陸の想いは堂々巡りをしていた。

(諦めに近い表情をするのは、あの男のせいなのか、俺のせいなのか……)

焦りばかりが募っていく。陸は裏から手を回し、湯下不動産の情報を出来る限り集めることにした。氷川家の情報網を使えば、すぐにでも集められるだろう。陸は興信所に、湯下智倫の調査を依頼した。

「クズだな、この男は」

自宅で智倫の報告書を読んだ陸は、思わず吐き捨てた。創から聞いていたように、智倫の女性関係は派手の一言に尽きた。金に物を言わせて、モデルやらタレントの卵やら、そして会社でも気に入った女性がいれば手を出しているらしい。

過去に関係があったという女性の写真を見た陸は、眉を顰めた。髪を染め、肌の露出が多い服を着た、明らかに派手な印象の人物が多い。琴葉のように控えめな女性は一人もいなかった。

(彼女の言った通り、本当に琴葉ではなく水無家の血筋が目当てなのか？)

成り上がりの湯下家は、由緒正しい華族の名を欲して琴葉に結婚を申し込んだと聞いている。だがそれが本当なら、あそこまで琴葉一人に執着するのもおかしな話だ。

「――っ、これ、は……」

報告書のある部分に目を向けた陸は、くっと口元を引き締めた。そこには、琴葉の亡くなった母親に湯下社長が懸想していたこと、今も忘れられないらしいことが記されていた。そして今までの、智倫の琴葉に対する態度も。

「琴葉に自信を失わせて、自分の言いなりにするつもりだったのか」

地味女、お前のような女を相手にする男はいない、散々そう吹き込んできたらしい。

その一方で、琴葉の周囲に若い男が近寄らないよう、裏工作をしていたようだ。琴葉は派手さこそないが、整った顔立ちをしている。控えめで優しい彼女に惹かれる男も多かっただろうが、それをあの男が蹴散らしていたとは。琴葉が自分に自信を持てないようなのは、これが原因だったのかと陸は腹立たしさを覚える。

(彼女に教えるつもりはないが……おそらく、あの男は琴葉のことを)

随分と歪んだ愛情らしいな、とページを捲りながら陸は思った。

「息子に比べれば湯下社長の女関係はまだまともらしいが……馬鹿息子を野放しとはな」

智倫が起こしてきた騒動や失敗も、全て湯下社長が何とか収めてきたようだった。智倫本人は反省もせず、会社で遊び程度にしか仕事をしないご身分だ。彼に苦言を呈する社員は次々と辞めさせられ、今やイエスマンしか残っていない状態とある。これでは遠からぬうちに湯下不動産自体も失墜するだろう。

「自社の情報を漏らして知人に株を買わせたり、会議費や交通費を私用で使い込んだ疑いもあるのか」

あの派手な生活を送るために、犯罪まがいの行為をしている男。今まではうまくやってきたのかもしれないが……今回は違う。

「琴葉に辛い思いをさせた報いは受けてもらうぞ」

必ずや後悔させてやる。陸はぐしゃっと報告書を握り締めた。

＊＊＊

そうして父にも根回しをし、準備を進めていた時のこと。外出先から帰社する途中で、陸は長谷川からのメッセージに気が付いた。男が琴葉に話し掛けてきたというその内容に、嫌な予感がした陸は、彼女に電話を掛けたが繋がらない。急いで戻ったところ、琴葉の机はすでに綺麗に片付けられていた。鉛筆やボールペンが入った筆入れすらない。部長に確認すると、「水無君から急に退職すると申し入れがあった」と言われたのだった。

「退職だと⁉　くそっ」

やはりあの男が琴葉に何か言ったに違いない。

陸はすぐに会社を飛び出し、また琴葉に連絡を取ろうとスマホを取り出した。が、次の瞬間、電子音が鳴る。

（琴葉⁉）

「――琴葉？　お前今どこにいる⁉」

『八重倉……課長』

琴葉の声は小さくてか細く、聞き取りづらかった。

『私、実家に戻って結婚することにしました。今まで……ありがとうございました』

「結婚？　まさか、あの男とか!?」

――あいつ琴葉に何を言った。

込み上げる怒りを抑えきれず、陸の口調は自然と荒々しいものになる。

『元々、その予定でした。祖父の具合も良くありませんし……地元で結婚して安心させるつもりです』

――あの男との結婚なんて、お前も望んでいなかったはずだ。それが何故急に!?

「あの男に何か脅(おど)されたのか？　俺も行って……」

『いいえ！』

強い否定の言葉に、陸は声が出なくなった。

『その必要はありません。……私は初めから、あなたとはお別れするつもりでした、から』

「琴葉!?」

――何を言おうとしているんだ。

『……間違えたんです。あの、最初の夜――私は、氷川課長に声を掛けたつもりでした』

スマホを握る手に力が入った。琴葉はこのことを知られたくなかったはず。それをわざわざ口にするのは。

『氷川、課長は、入社面接の時に落とした眼鏡を拾って下さって、それ以来ずっと憧れていたんです。だから、抱いて下さいってお願いするつもりでした。結婚するまでに、ちょっと経験してみたかっただけなんです。男も知らない地味女だって嫌味を言われていたから――これでもう、私も智倫に馬鹿にされなくて済みますし』

無理に明るく話そうとしているのが明らかな声音(こわね)に、陸の胸が締めつけられる。

『そのことを言えなくて、ごめんなさい。楽しいお付き合いでしたけど……やっぱり、私は氷川、課長の方が』

（琴葉っ!?）

『だからもう、あなたとはお付き合い出来ません。申し訳……ありませんでした。私のことは、どうか忘れて下さい。……さようなら』

「っ、琴葉！」

待て、と言う前に琴葉は電話を切った。すぐに掛け直すが、聞こえてきたのは『お掛けになった電話番号は現在電源が入っていないか……』というアナウンスだけだった。

（琴葉は……俺と別れるつもりだ）

ああ言えば、陸が怒ると思って。自分一人を悪者にして、あの男のもとに行こうとしている。

「許す、ものかっ……！」

（ふざけるな。そんなこと、誰が認めるものか。あの男が邪魔するというのなら、俺が叩き潰してやる）

陸は怒りを胸に秘めたまま、別のところに電話を掛けた。そうして情報を集めているうちに、本郷部長から連絡が来たのだった。

「は？　私をクビに？」

部長と共に社長室に行った陸は、櫻野社長からとんでもない話を聞かされた。

『おたくの営業の八重倉という男が、自分の婚約者に迫り、あまつさえ手を出している。この醜聞を広められたくなかったら、早急にクビにして欲しい』と、外部から社長に申し入れがあったというのだ。

「ああ。八重倉陸で間違いないと言っていた。君のことだろうか、陸くん。何か心当たりはあるのかい？」

櫻野社長も何が何だか分からないと言った顔をしている。隣に立つ部長も同じだ。唯一人、陸だけが、誰がどんな目的でこの話を持ち掛けて来たのかが理解出来た。

（おそらくこれが、琴葉があいつのもとへ向かった理由だ）

陸は櫻野社長に確かめてみることにした。

「その話は、湯下不動産から来たものでしょうか？」

櫻野社長がおやというように片眉を上げた。やはりな、と陸は溜息をつく。どんな手を使ったのか知らないが、何らかの理由で自分と結婚するよう琴葉を脅した上、目障りな陸のこともクビにするつもりのようだ。

（そちらがそう来るのなら）

もう遠慮はいらない。陸は櫻野社長に面と向かって告げた。

「私を退職させたと相手に伝えて下さい。元々そうするつもりでしたし、時期が少し早くなっただけです」

「しかしね、八重倉君。事は社だけに留まらないだろう？　水無さんの件も絡んでいるんじゃないのか」

心配そうに言う本郷部長に、陸は歪んだ笑みを見せた。

「この件は私に任せて頂けますか。私が恨みを買ったのが原因ですから、私が対処します」

「そうか」

櫻野社長はやれやれと首を横に振った。

「優秀な社員が立て続けにいなくなるのは残念だが……今回の大型プロジェクトには、

氷川財閥側の責任者として君を参加させると氷川会長からも聞いていたからね。退職の件は了解した。湯下氏にも、『八重倉陸は退職させた』と伝えよう」

「ありがとうございます、櫻野社長」

陸はそう言って社長に頭を下げた。部長も残念がってくれたが、このまま居座って迷惑を掛ける訳にもいかない。

――こうして正々堂々と叩き潰す機会を与えてくれたことに、あの男にはむしろ感謝しないといけないな。

社長室を出て行く陸の顔に浮かんでいたのは、八重倉課長なら浮かべないはずの、どす黒い笑みだった。


「八重倉課長」

退職する旨を営業部で発表し、机を片付けていた陸に話し掛けてきたのは、音山だった。彼女はいつになく、思い詰めたような表情をしている。段ボールに荷物を詰める手を止めた陸は、「少し出るか」と声を掛け、二人揃って営業部を後にした。自動販売機のあるスペースに向かうと、ちょうどいいことに誰もいない。陸は立ち止まり、「何があった、音山？」と聞いた。いつもはきはきとした態度の音山は、今は陸に目を合わせない。

「音山？」

再度陸が促すと、音山は大きく息を吐いた後、ゆっくりと視線を合わせてきた。

「……八重倉課長が退職されるのは……水無さんと関係があるのですか」

顔を強張らせた音山が放った台詞に、陸は瞬きをした。

（琴葉、だと？）

音山と琴葉は課内でも親しい関係だった。一瞬、何か彼女から聞いていたのかと思ったが、すぐに違うと打ち消した。

（琴葉は俺はもちろん、自分の父親にさえ何も言わなかった。音山だけに事情を話したとは考えにくい）

「それは関係ない。俺の実家の事情だ」

陸がそう言うと、音山が目を見開いた。

「っ……！　で、でも、水無さんとお付き合いしたことが原因で辞めるんじゃないんですか⁉　あの男がそう言って……」

「あの男？」

陸が聞き返すと、音山ははっとしたように口元を手で押さえた。どこか後ろめたそうな態度に、陸は言葉を重ねる。

「……音山。知っていることがあるのなら教えて欲しい。水無との間に何かあったのか？」

「……」

きゅっと口を結んだ音山は、しばらく無言のままだった。が、陸の雰囲気に逃れられないと思ったのか、やがて溜息をついて顔を上げた。

「……出張に行こうと玄関を出たところで、派手な格好をした男に呼び止められたんです。『営業部の水無琴葉はどこにいる』と」

両脇に下ろされた彼女の手は、固く握り締められていた。音山は硬い声のまま話を続ける。

「彼は湯下不動産の社長令息だと名乗りました。私も顔は見たことがあったのですが、事情が分からないので『知らない』と答えたら……『俺はあの女の婚約者だ。俺の女に手を出したせいで、八重倉とかいう男がクビになる』と言われて」

音山が陸の瞳を真っ直ぐに見た。青ざめた顔に震える唇。こんな顔をした音山を見たことがなかった。

「それを聞いて、かっとなったんです。氷川課長のことを気にしていたくせに、八重倉課長と付き合い出した水無さんが、妬ましかった。長谷川くんも彼女のことが好きなのに、全く気が付いていないようだったし。私だって——八重倉課長のことを想っていたのに、婚約者がいるのを隠して課長と付き合っていたのかと、思って」

音山がふうと溜息をついた。

「だから、水無さんと長谷川くんの行き先を教えました。二人が一緒にランチに行ってたのは知ってたから。婚約者がいるのなら、きちんと話をするべきだと思ったんです。水無さんがあの男をどうにかしてくれたら、八重倉課長がクビにならずに済むんじゃないかと思って」

音山の口元が、寂しげに上がった。

「でも、結局は無駄でしたね。水無さんが会社を辞めたから、八重倉課長は残ることになったのではと思ったのに――結局あなたも会社を辞めるんですから」

「音山」

陸は音山を見下ろした。彼女もよく出来た部下だった。長谷川と共に、目を掛けて営業のノウハウを教えてきた。彼女から好意を持たれていることは薄々気付いてはいたが、社内で恋愛関係を持つつもりのなかった当時の陸は、見て見ぬふりをしていたのだった。

「お前の気持ちに応(こた)えられず済まなかった。だがそれは、水無には何の関係もないことだ。彼女はお前を信頼していたはずだろう」

音山の瞳が苦しげに揺れた。

「そう、ですね。出張から戻って来たら……水無さんはもう辞めていて。これでうまくいくって思った自分が……嫌で、こうして今、告白したのかもしれません」

そう言って、音山が深く頭を下げる。

「八重倉課長、どうかお元気で。水無さんと……お幸せに」

くるりと踵を返して、彼女は廊下を歩み去った。その後ろ姿を見ながら、陸はズボンのポケットに手を突っ込み、しばらくその場に佇んでいたのだった。

＊＊＊

――湯下社長に引導を渡した後、陸はすぐさま創から聞いた料亭へ向かった。最初は案内を渋っていた仲居も、氷川の名前を出すと慌てて離れに通してくれた。長い廊下を急ぐ陸の耳に聞こえてきたのは、琴葉の悲鳴だった。

「いや、いやあっ！」

（あの男……！）

怒りのあまり、目の前がかっと赤く染まる。

「いやあああっ！」

琴葉が叫ぶのと同時に、陸は障子を叩きつけるように開けた。そこに見えたのは、着衣が乱れた琴葉と、その上に圧し掛かり彼女を辱めている智倫の姿。怒りのままに男の首根っこを引っ掴み、琴葉から引き剥がして投げ飛ばす。

「ぐがっ!?」

無様な悲鳴を上げるそちらには目もくれず、陸は琴葉を起こして抱き締めた。

「怪我はないか？」

声を掛けると、呆然とした顔の琴葉が陸を見上げた。見る見るうちに、彼女の目に涙が溜まる。その様子に、胸が鈍く痛んだ。

「り、くさ、……？」

「遅くなって済まなかった」

琴葉の白い肌を隠そうと、陸はスーツの上着を脱いで肩に掛けた。琴葉は震える手で上着を握り締めている。肌についた痛々しい痕に、獰猛な感情が牙を剥いた。

「き、貴様、どうやってここにっ……！」

陸はすっと立ち上がり、琴葉を智倫から庇った。相手も陸を睨み付けながら立ち上がり、右手で陸の胸倉を掴む。

「っ、俺にこんなことしてもいいと思ってんのか、貴様あ！　……ぐぎゃあ！」

智倫の手首を掴んで自分から引き離した陸は、右の拳を思い切り智倫の鳩尾にめり込ませた。唾を飛ばした智倫は、身体をくの字に曲げている。陸は薄らと笑みを浮かべ、冷たい声で智倫に言った。

「お前は琴葉に嘘八百を並べて彼女を追い詰め、傷付けようとした。俺はお前を許さない」

「えっ」

琴葉から驚いたように息を呑む音がした。陸は振り返って彼女を見つめる。

「こいつから何を聞かされたのか想像はつくが、俺は会社をクビになどなっていない。いや、退職するのは本当だが、それは元々そうする予定だったからだ」

陸が経緯を説明すると、咄嗟に理解が出来なかったのか、琴葉は呆気にとられた表情を浮かべていた。

「だ、だって、借用書が」

(借用書?)

琴葉の視線の先に見えた白い紙を手に取った陸は、そこに記されたサインが肉筆ではなく、印刷であることに気が付いた。捺印部分も、上手く誤魔化してはいるが、やはり印刷だ。

(日付部分を加工して偽造し、それをネタに琴葉を脅したのか)

自分を憎々しげに睨む智倫の前で偽の借用書をビリビリに破いた陸は、残骸をテーブルに思い切り叩き付けた。

「さっさと家に帰って父親と今後の相談をするんだな。湯下不動産は多額の不良債権を抱えて、不渡りを出した。もう巨大プロジェクトに出資する余力もないはずだ。琴葉に無理強いしたと分かった時点で、俺はお前を見逃す気はなかった。せいぜい首を洗って待っていろ」

　わざと智倫を焚きつけるような言い方をすると、相手はすぐに引っ掛かってきた。

「きっ、貴様ああ！」

　智倫の拳を避けずに受ける。一歩後ろに下がった陸から、眼鏡が飛んだ。殴られた頬をわざとらしく手で撫でてみせる。

（これで遠慮なく反撃出来るな）

　腹の底で笑った陸は、嘲笑う智倫の頬に右拳をお見舞いした。思い切り振り抜くと、智倫の身体が後ろに吹っ飛ぶ。

「ち、血があ!?」

　顔面血塗れになった智倫に、陸は最後通牒を突き付けた。

「これは正当防衛だ。お前は嫌がる女性に乱暴した挙句、それを止めようとした俺に殴りかかってきたんだからな。二度と琴葉の前に姿を見せるな。次にこんな真似をしたら、容赦しない」

「まっ、待てっ……ひぎっ」

　立ち上がろうとした智倫が、陸の顔を見て尻餅をついた。眼鏡の外れた顔を見て、どうやらこちらの正体に気が付いたらしい。今更だがなと思いながら、陸は琴葉を離れから連れ出した。

抱きかかえた琴葉の身体は小刻みに震えていた。ショック状態なのだろう。陸は足早に料亭を出て、待たせてあった車に琴葉を乗せた。

凛久に指示を出した後、琴葉の両手を自分の両手で包み込んだ。指先が冷たく震えている。

「冷たくなってる……怖かったな。もう大丈夫だ」

「っ……」

震え出した琴葉の身体を膝に乗せ、思い切り抱き締める。彼女の両手が陸の首に回る。

陸はしばらくの間、しがみ付く彼女をなだめるように抱いていた。怖かったと泣く彼女の涙を、キスで拭(ぬぐ)う。

「り、りく、さんが……クビに、なったって」

こんな時でも俺のことを心配するのか。陸の身体の奥に温かいものが満ちてくる。

「ご、めんなさい。でも、これ以上迷惑を掛けたくなくて」

泣きながらそう言う琴葉が、愛おしくて堪(たま)らなくなった。

「お前のことが迷惑であるはずがない」

潤(うる)んだ瞳で陸を見上げる琴葉の唇に、自分の唇を重ねようとした瞬間、運転席から声がした。

「あー、ごめん。それ以上は陸のマンションに戻ってからにしてくれるかな。熱々すぎて、ここで一人で運転してるの辛いんだけど」

びくっと身体を震わせた琴葉は、慌てて陸から顔を離した。折角の触れ合いを邪魔された陸は、むっとしたまま運転席の凛久を睨み付けるが、バックミラーに映る凛久の顔は、呆れたような笑みを浮かべたままだった。

「はいはい、俺が邪魔だっていうのは、分かってるって。とにかく急ぐから、車内では控えめに頼むよ、お二人さん」

その言葉に恥ずかしくなったのか、琴葉は膝から下りようとしたが、当然陸はそんなことを許すはずがなかった。

「陸のこと、よろしく頼むよ。こいつ、無愛想だし粘着質だし、うっとうしくて面倒な男だけど――水無さんへの想いは、本気みたいだから」

去り際に凛久が琴葉に告げた言葉。琴葉は目を丸くしていたが、陸は余計なことを、と内心舌打ちをしていた。

琴葉はまだ陸の本質に気付いていない。今はまだ、琴葉にそれを明かす気はないが――

（氷川との関係は言っておかなければいけないな）

陸は琴葉を抱き締め、肩を抱いたまま自宅へと急いだ。そうして琴葉にシャワーを浴びさせた後、彼女を抱き締めて言ったのだ。

「まず、琴葉に謝らないといけないな。俺の名前は『八重倉陸』ではない——『氷川陸』が俺の本名だ」

＊＊＊

「んっ……」

小さな声に陸は瞼を開く。ぼんやりとした目に映るのは、専務室の板張りの天井だった。

自分はさっきまで、琴葉に本名を告げて——？

「夢、か」

自分に身を預けて眠る琴葉の姿に、陸は相好を崩した。大きなソファは身を寄せれば二人でも寝られるぐらいの幅がある。乱れたブラウスから覗く赤い花の痕を見ると、再び欲望が頭をもたげたが、さすがに二回目は琴葉も怒るだろう。壁掛け時計を見ると、午後三時を回ったところだった。眠りに落ちる前の甘い記憶が陸の心に蘇ってきた。

「んんっ……！」

琴葉が右手で口元を押さえている。桜色に上気した頬に潤んだ瞳。眼鏡越しに陸を見上げる琴葉が可愛くて堪らない。専務室のドアには鍵を掛けている上、防音設備も整っているというのに、ソファで陸に押し倒されるのはまだ恥ずかしいらしい。

「琴葉の可愛い喘ぎ声を聞かせてくれないのか？」

と意地悪く陸が聞くと、琴葉の頬は一層赤くなった。口を隠したまま首を横に振る琴葉を見た陸は、右手の甲に軽くキスをした。

ぷちぷちとブラウスのボタンを外し、レースの下着に包まれた白い肌に手を這わせる。ぴくんと琴葉の肩が揺れたが、陸は右手を彼女の下着の下に潜り込ませた。

「んっんんん」

ちゅくと音を立てて琴葉の肌を吸う。赤い痕を付けるのは彼女が気にするから、ブラウスで隠された部分のみに留めておく。陸としては、人から見える部分にも赤い花を咲かせて『琴葉は自分のもの』だと周囲に知らしめておきたいと思っているのだが。

（琴葉は恥ずかしがり屋だからな、仕方がない）

硬く尖った左の乳首を布越しに親指と人差し指で捏ねる。陸の指や舌を覚えた肌は酷く敏感になっていて、ほんの少し触っただけでもすぐに反応してくる。琴葉の甘い香りが濃くなった。

（だが、こんな琴葉を見るのも触るのも、俺だけだ）

タイトスカートを捲り上げ、ストッキングと下着を膝まで一緒にずらす。右脚の膝を立たせ、右足首を下着から解放した。そうして左手を茂みに入れると、しっとりと濡れた感触が指先に伝わってくる。

「っ、んっ」

眉を顰め、ふるりと震えた琴葉から眼鏡を奪い、ソファ前のローテーブルに置く。はだけたブラウスの隙間から見える肌も、捲り上げたスカートから伸びる脚も、指で撫で上げると半開きの唇から切なげな吐息が漏れた。

「琴葉」

「んああっ」

親指で蜜を花芽にそっと擦り付けると、我慢出来なくなったのか琴葉の右手が唇から離れ、陸のワイシャツを掴んできた。人差し指と中指で蜜を湛えた入り口を探ると、濡れた襞が指を誘うように動く。

「は、あああん」

左胸を覆っていた薄布を上にずらした陸は、右手で丸み全体をやわやわと揉んだ。つんと立った蕾と熟れた花芽を同時に指で弄ぶ。琴葉はそこで、首を小さく横に振った。

「あ、ああっ……んんんんんっ」

彼女の開いた唇から舌を滑り込ませる。琴葉の舌と唾液を音を立てて吸う。陸は、柔らかな舌同士が絡み合う感触をじっくりと味わった。琴葉はどこもかしこも甘い。肌も舌も唾液も――そして花の蜜も。どんなカクテルよりも濃厚で甘く、陸を酔わせてしまう。

「あっ、ふっ……うんっ、ああん！」

びくんと琴葉の腰がしなった。蜜の香りが一層濃くなり、襞がぎゅっと指に絡みつく。はあはあと速い呼吸が唇から漏れているところをみると、どうやら軽く達してしまったらしい。

「まだこれだけしか触っていないのに、イッてしまったのか？」

指で襞を扱きながらそう囁くと、琴葉の顔が泣きそうに歪んだ。それを見た陸の心は、昏い悦びに満たされていく。

（琴葉を喘がせるのも、泣かせるのも――俺だけだ）

こんな琴葉は誰にも見せられない。俺だけのものだ。俺だけの。陸はぐいと指を曲げ、蜜壺の入り口からナカへと指先を沈めた。ぬるぬるとした襞の間を抜き差しするように指を動かす。

「ひっ、ああっ」

琴葉が仰け反り、白い喉元が露わになった。ここにも所有の印を付けたいところだが、と思いつつ、陸は首筋を舌で堪能した。

「あああっ、やんっ、あ、はあんっ」

卑猥な水音が専務室に響く。ちらと壁掛け時計を見上げ時刻を確認した陸は、蜜に濡れた指を引き抜き、指についた蜜の甘さを味わいながらじっくりと舐めた。それから陸はベルトのバックルを緩め、ファスナーを下ろした。痛い程硬くそそり立った陸自身を布から解放し、スラックスのポケットから取り出した小袋を咥え片手で裂く。するすると薄膜を被せている間、琴葉は小さく震えながら、これから始まる蜜事への期待に満ちた瞳を陸に向けていた。

準備が終わった陸は、立てた右膝を開き、花びらから滴る蜜を肉棒に擦り付けた後、解けた蜜口に先端を当て、そのままずっとナカへと侵入した。

「んっ……あああああんっ！」

挿入った途端、琴葉の身体が跳ねた。奥へと進む楔を包み込んだ襞の締まり具合に、陸はぐっと息を止めた。

「あっ、ああ――っ、あああんっ」

こつんと最奥に当たった感触が伝わってくる。それだけで、琴葉は何度も悲鳴に似た嬌声を上げた。陸は大きく息を吐くと、ゆっくりと腰を動かし始めた。

「あんっ、はあんっ、あああんっ、あああ」

掻き回された蜜が、白い泡となって陸の付け根の方に纏わり付いている。琴葉の弱点を丹念に突くと、彼女の唇から漏れる息が一層甘く乱れた。

「ひあっ、ああっ、は、――っ、あああっ」

琴葉が呻く度に、ナカは陸を締め付け、痺れるような刺激を与えてくる。お返しとばかりに、陸はより速く昂りをナカへと叩き付け、喘ぐ琴葉を追い詰めていった。

（琴葉っ……！）

甘く咲き乱れる琴葉のしどけない姿に、陸の限界も近付いていた。

もっともっともっともっと、そうもっと乱したい。

（快楽に蕩けてしまえ。俺のもとから離れるな）

そうして――

「あ、っ――、はっ、ああ、ああああああああっ！」

「くっ……！」

琴葉が背中を反らして大きく呻いた瞬間、陸はぶるりと身体を震わせ、被膜越しに欲望を解放した。荒い息が陸の口から零れる。琴葉は目を閉じ小刻みに肌を震わせていたが、やがてその身体からぐったりと力が抜けた。

一方の陸は、最後の余韻まで琴葉のナカで味わった。欲望を全て出し切った後、陸は琴葉の顔を覗き込む。

「……琴葉？」

紅潮した頬に、汗が滲んだ首筋。ワイシャツを掴んでいた指からも力が抜けている。短い時間とはいえ、かなり激しく攻め立ててしまったようだ。

（琴葉には、制御がきかないな）

陸は苦笑し、名残惜しいと思いつつも琴葉から身体を離した。手早く自分の後処理を済ませた後、お湯に浸して絞ったおしぼりで琴葉の肌を軽く拭く。その間も、琴葉の目は開かなかった。

琴葉の身体を清めた陸は、彼女の隣に横になり、両腕の中に琴葉を閉じ込めた。心地よい疲労感に襲われた陸は、琴葉の息を肌に感じながらゆっくりと目を閉じ——

昼食を食べて琴葉を食べて、そのまま寝てしまっていたらしい。本来は三時頃まで会食の予定が入っていたことを思うと、有意義な時間を過ごせたなと思った。

彼女の唇がむにゃむにゃと何かを呟いている。陸はふっと微笑み、柔らかな身体を抱き締めた。

（あの時は、腹の底から清々したな）

地元の関係者を集めた重要会議の直前に湯下社長を呼び出し、陸直々にプロジェクトから外れるよう言い渡した。納得出来ない様子で突っかかってきた湯下社長だったが、『自分の息子がクビにしようとしたのが、氷川会長の一人息子だった』と知るや否や、真っ青になってその場に崩れ落ちてしまった。その後創からもらった連絡で、琴葉があの男に呼び出されていることを知ったのだった。

もっと早く到着出来なかったことは今でも後悔しているが、調べ上げた湯下不動産の不正を氷川本社と創、それに櫻野社長へ報告することで、この件に関わるのは終わりにした。これ以上、琴葉に嫌な思いをさせたくなかったからだ。

あの男の件さえ片付けてしまえば、結婚したいという陸の申し入れを琴葉が断る理由もない。だというのに陸は安心出来ず、琴葉に考える暇を与えずに結婚式まで持ち込んだのだった。

もう琴葉の心を揺るがすようなことはないはず――だが――

(――こうして腕の中に捕まえていても、不安になる)

琴葉が陸を愛してくれていることはもう理解している。『凛久に憧れていた気持ち』も、本当は陸に対するものだったと分かってからは、胸が疼くこともなくなった。

だが、時折思うのだ。他の可能性を奪った自分を、彼女が恨んだりはしないのか、と。

琴葉は『真面目な八重倉課長』が好きだったようだが、あれは陸の一面でしかない。本来の自分は目的を果たすためなら、何でもする狡い男なのだから。

「らしくないな」

琴葉の頬に手を当てた陸は、小さく苦笑した。陸がこんなにも悩むのは、琴葉のことだけだ。

専務付きの秘書になった琴葉は、氷川本社で注目を浴びる存在になった。当然、陸の妻であることも知られてはいるが、それでも凛(りん)とした佇(たたず)まいに穏やかな美しさを兼ね備えた琴葉に惹(ひ)かれる男性社員は多いと聞く。

それに結婚してからは、ますます美しさに磨(みが)きが掛かっていた。陸が少しでも隙を見せれば、琴葉を奪おうとする男はすぐにでも現れるだろう――琴葉本人にはそんな自覚がないところが、また危ういのだ。

「愛してる、琴葉」

だから俺から離れないで欲しい。そう思いながら唇を重ねた陸は、開いた唇から舌を滑(すべ)り込ませる。

「ん、むう……？」

舌で歯茎をなぞると、琴葉が小さく身震いした。目を閉じたまま、陸の舌に合わせて舌を絡(から)め、甘い吐息を漏(も)らしていた琴葉だったが、やがてぱちりと目を開ける。

「んんっ!? り、陸さんっ！」

慌てたように琴葉が陸の胸に手を当てた。唇を離した彼女は、きょろきょろと周囲を見渡している。眼鏡を取って琴葉に渡すと、慌ててそれを掛けた彼女の視線は、真っ先に壁掛け時計に向かった。

「もう三時じゃないですか！　次の約束が！」と言った琴葉は陸の腕の中からすり抜けてしまう。やれやれと溜息をつきながら陸が外したネクタイを結び直す間に、彼女もブラウスやらスカートやらの皺を伸ばしていた。乱れた髪と化粧を整えた琴葉は、もう真面目な秘書に戻っている。

「陸さんったら。ここではもう止めて下さいね」

そう釘を刺してくる琴葉に、ソファから立ち上がった陸はにっこりと笑い掛けた。

「そうか？　俺の指でひくつくナカを触った時に、気持ちがいいと言ったのは琴葉の方だぞ？」

「えっ⁉」

琴葉の頬が一気に赤くなった。乱れた自分の姿を思い出しているだろう琴葉からは、色気が匂い立っている。こんな姿、俺以外には見せられないなと陸は思った。

「陸さんの意地悪。そんなこと言う人は、もう知りませんから！」

ぷくっと頬を膨らませる琴葉に、陸は両手を上げて降参する。

「からかって悪かった。琴葉を前にすると、抱きたくて仕方がなくなるんだ。だから——」

彼女の耳元で、陸は囁いた。
――今日帰ったら……ゆっくり愛させて欲しい。

ますます真っ赤になった琴葉は、「――家に戻ってからなら、いいです……あ、でも！　翌日に支障がないようにして下さいね！　腰が痛くて起き上がれないなんて、休む理由として恥ずかしすぎますから！」と叫んだ。

その表情が可愛すぎて、また抱き締めたくなった陸だったが、ぐっと堪えて「分かった。善処する」と頷き、自分の机へと向かった。

ほっと溜息をついた琴葉も、てきぱきと動き始める。コーヒーをセットした後、電話を掛け、それが終わったらパソコンでメールのチェック。彼女の瞳からはもう、先程の甘い時間の影も形もなくなっている。自分よりも切り替えが速い琴葉を見て、寂しいと思ってしまうのは贅沢なのだろうか。

だが、ここで手を出してさらに仕事の邪魔をすれば、「陸さんの専属を辞めて、お義父様の秘書になります！」なんて言われかねない。

「ったく……今晩覚えておけよ？」

そう言って、陸は琴葉の淹れてくれたコーヒーを片手に、積み上がった書類の一番上の束に目を通し始めたのだった。

書き下ろし番外編

ハジメテの始まりは

「え？　広報部の取材に私も、ですか？」

「ああ」

水無琴葉改め氷川琴葉は、会議から専務室に戻ってきた氷川陸の言葉に、眼鏡の奥の目を丸くした。

陸との結婚をきっかけにそれまで勤めていた会社を辞し、氷川興業に再就職した琴葉の現在の役職は専務秘書。大型開発案件を無事成功させた陸が専務に昇進したのと同時に、彼の父である氷川恭吾社長から推薦され、専属秘書になった。

営業補佐として培った知識を生かし、日々陸のサポートをしていたところで、先の話が出たのだ。

「専務就任の挨拶を社内誌に載せたい、できれば琴葉も一緒にとのことだった。……ったく、どこかで噂でも聞いたんだろう」

「は、あ」

眉を顰め、ふうと溜息をつく陸は、何故だか変わらず銀縁眼鏡を掛けていた。眼鏡越しに見える切れ長の目は、いつも鋭い光を宿しているが、琴葉を見る時は堪らなく甘くなる。今も目の前の彼の視線に熱を感じた琴葉は、こほんと咳払いをして、スマホの予定表を確認する。

「ではスケジュールを調整して空けておきますね。広報部のどなたに連絡を」

「桜井京子。社内誌の編集長を担当している。彼女が編集するようになってから、社内誌の評判は非常に良くなったと聞いた」

「まあ」

　琴葉は先月の社内誌を思い浮かべた。地方の営業所を取材したり、顧客とのコラボ対談を企画したりとなかなか読み応えのある内容だった。元々紙媒体しかなかった社内誌をデジタル化し、Ｗｅｂ上でアンケートやクイズ大会も開催して好評を博したと聞いたことがある。

（やり手なのね。女性が活躍する我が社らしいわ）

「桜井さんと日程を調整して、結果をお知らせしますね」

「頼む。……ああ、それから」

　ふっと陸の口元が緩み、目尻が下がる。その表情を見ているだけで、琴葉の心臓は止まりそうになる。

（結婚して半年も経つっていうのに……）

普段冷静な陸が微笑む度に、胸が痛くなる程どきどきする。きっと、これからもずっとそうなのかな、と思う。

「当日は、写真も撮影すると言っていた。あの眼鏡も掛けて欲しい」

木製フレームの古い眼鏡。ねじがすぐ緩くなってしまうこともあり、専務秘書になってからは、べっ甲縁の眼鏡に替えた。あの眼鏡の出番は少なくなったが、今もリビングに大切に飾っている。祖母の形見で――陸と結ばれるきっかけを作ってくれた、大切な品だから。

その琴葉の気持ちを、陸が分かっていてくれることが、とても嬉しい。

「はい、分かりました」

にっこりと笑った琴葉は、すぐに広報部に連絡を入れ、取材の日程を早々に決めたのだった。

「本日はお忙しい中、広報部取材のために時間をお取りいただき、ありがとうございました」

そう言ってお辞儀をした桜井は、ボブカットのちゃきちゃきとした雰囲気の長身の女性だった。どうやら陸と同じ年らしい。紺色のジャケットとスリムなパンツを着こなす彼女は、琴葉に勧められ陸の対面のソファに座ると、タブレットとスマホをバッグから取り出した。

「失礼ですが、録画させていただいても構いませんか？」

「ええ、どうぞ」

陸がにこやかに頷く(うなず)と、彼女はありがとうございますと礼を言い、スマホを横に立てて、ローテーブルの上に置いた。琴葉が紅茶の入ったティーカップをローテーブルに置くと、桜井は彼女を見上げて言う。

「まず、お二人のお写真を撮らせてください。できれば、隣に並んで座っていただけると」

撮影されるかもしれない、と陸から聞いていた琴葉は、普段のスーツより華やかな桜色のジャケットスーツを着ていた。ダークグレーのスーツを身に纏う(まと)陸の隣に並んだ時、少しでも写真映えして彼に釣り合うように、と考えたのだ。

ちらと陸の方を見ると、彼は小さく頷い(うなず)ている。

「はい、承知いたしました」

琴葉は陸の右隣、入り口に近い方に腰を下ろす。桜井がタブレットのカメラを二人に向け、構図を確認する。

「もう少し近寄って――そう仲良く寄り添うようにしていただくと、効果抜群です」

「承知した」

(!?)

陸の右手が琴葉の肩に回り、ぐいと肩を引き寄せられる。彼が身に纏う爽やかなコロンの香りに、琴葉の身体はカチコチに固まってしまった。二人きりの時とは違い、他人の、しかもカメラの前で陸の体温を感じるのは、恐ろしく心臓に悪い。久しぶりに掛けたあの眼鏡も、ずり落ちてしまいそうだ。

緊張する琴葉とは真逆に、桜井はパシャパシャと機械音を連続させて、テンション高めの声を出していた。

「ええ、いい感じですわ！　あ、琴葉さんはもっと自然に微笑んで。専務は新婚ほやほやで、妻に夢中だって書く予定ですから」

「え！」

そんな記事が出たら、他の社員の前でどんな顔をすればいいのか。内心慌てふためく琴葉とは違い、陸は全く焦った様子も見せず、鷹揚に頷く。

「ああ、よろしく頼む」

(りりり、陸さんっ⁉)

琴葉は、ひくっと引き攣りそうになる表情筋を何とか抑え、桜井が指示するまま、タブレットの画面の中に収まったのだった。

その後のインタビューは、穏やかな雰囲気で進んだ。インタビュー中は陸の右手も下ろされ、琴葉の心臓も普通の鼓動を取り戻している。

もちろん、桜井があらかじめ質問の一覧を送ってきてくれていたため、陸も琴葉もすらすらと答えることができた、というのも大きい。

「専務の武者修行時代のお話、とても面白いです！　きっと社員も興味を引かれることでしょうね」

陸が氷川の御曹司という身分を隠して、他社で働いていたこと、そこで功績を挙げて氷川に戻ってきたこと——その話を詳しく聞いた桜井は、瞳をキラキラ輝かせている。

「ええ、いい体験になりました。……そこで琴葉とも出会いましたし」

陸が琴葉を見てにこりと微笑むと、「あああ、今の笑顔、是非カメラに！　専務ファンが泣いて喜びます！」と桜井がまたカメラを連写した。

(専務ファン……やっぱりいるのよね)

いつも冷静で表情を崩さない陸は、とっつきにくい印象を与えるが、ふと笑みを浮かべた時の口元がセクシーだと、秘書仲間が言っていた。

『ギャップ萌えよね！　滅多に笑わない氷の貴公子の笑顔というだけで、貴重だわ』

陸に憧れる女性社員の声が、琴葉の心をチクチク刺す。

（素敵な人なんだもの、陸さんに好意を寄せる女性がいても、おかしくないわよね……）

その陸の妻で専属秘書、という立場の琴葉は、表立って何かをされたことはないが、嫉妬めいた陰口を言われたことはある。地味女とか、陸に釣り合わないとか、聞き慣れた悪口だ。

（陸さんも気が付いているわ……よね……）

『あの開発案件で水無の家も持ち直したし、もう琴葉が悩む必要はない』

地元の代表者的立場になった琴葉の父は、癖ある地主達の意見を見事に取りまとめ、開発案件に多大な貢献をしたことを見込まれ、今は氷川興業関連の仕事をしている。体調はまだ万全ではないか、そこも考慮した働き方をしている父は、とても生き生きとしていた。——寝込んでいた祖父まで、色々アドバイスをしているらしい。

（あの家を処分しなくて済んだのも、陸さんのお陰だわ）

祖父が大切にしている桜の木も、歴史ある屋敷も、水無一族が守り継いでいくだろう。

そう琴葉が言うと『お義父さんの実力があるからだ。俺はきっかけを作ったに過ぎない』と陸は言うのだ。

（本当に……）

隣で桜井の質問に答えている陸をちらと見上げると、じわりと心が温かくなる。

（優しい人。陸さんと結婚できて、本当に良かった）

「……ところで」

桜井が言葉を切り、琴葉の方をじっと見つめていた。琴葉は姿勢を正し、「なんでしょう?」と聞く。桜井はにんまりと何かを企んでいるような笑みを見せた。

「お二人の馴れ初めを知りたいという社員が多いのです。是非教えていただきたいですわ!」

「えっ」

前のめりになった桜井の鼻息は荒い。琴葉は思わず息を呑んだ。

(……馴れ初めって……!)

——幼馴染の湯下智倫から、実家の借金を帳消しにする代わりに結婚しろと言われて。

——どうしても、大嫌いな智倫に自分のハジメテを捧げるのが嫌で。

——でも、男性経験がない自分には、どうすればいいのか、分からなくて。

——華やかな女性遍歴を持つ、当時憧れていた氷川課長——陸さんと名字を入れ替えていた、本名八重倉凜久課長——なら、一夜の相手でも受け入れてくれるかも、と思って。

——アルコールの勢いに任せて『私を抱いてください』って背中から抱きついたまま、酔っ払って気を失って。

——気が付いたら裸で、ホテルのベッドの中、陸さんと二人で。

——間違ったことに気が付いて、そのまま逃げ出してしまったけれど、会社では陸さんの態度は変わらなくて、きっと酔っていて覚えていないと思っていたら。

——お前は『抱いて欲しい』と頼んで、俺をその気にさせた。だから責任を取って、俺と付き合ってもらう。

——お前は俺の恋人になる。以上だ。

「～～～～っ」

あの時の陸の声を思い出した琴葉の体温が、一気に上がる。熱くなった頬を隠すために、琴葉は咄嗟(とっさ)に俯(うつむ)いた。

(い、言えない……っ！)

あの馴(な)れ初(そ)めを、どう説明すればいいのか。氷川課長(他の人)と間違えて抱きついて、そのまま酔っ払ってホテルへ運ばれて、だなんて。恥ずかしすぎて、陸以外の誰にも言っていないのに。

(どうしたらいいの!? 何とか誤魔化さないとっ！)

何も思いつかない。内心あわあわ慌てる琴葉の耳に、陸の涼しげな声が聞こえてきた。

「ああ、馴れ初めは、琴葉が私の直属の部下になったことですね」

「まあ！」

（え？）

琴葉が顔を上げると、ますます身を乗り出した桜井と、小さく笑う陸の姿が目に入る。

「琴葉は要領がいいタイプではなかったが、素直で真面目で、努力家だった。必死に仕事を覚えようと頑張る姿を見ているうちに、どうしようもなく惹かれていた」

（陸さん……）

陸の口元が緩み、眦が下がる。その表情を見た桜井は一瞬息を呑んだが、すぐに立て直し、早口で質問を続けた。

「成程、上司として一緒に仕事をするうちに惹かれた、と。お付き合いされるきっかけとなった出来事はなんでしょうか？」

（うっ）

初めて見た、陸の寝顔――乱れた髪や、長いまつ毛まで思い出してしまった。

琴葉の頭の中はもはや真っ白になっている。固まってしまった琴葉の隣で、陸はすらすらと言葉を繋いだ。

「私の方から声を掛けて、琴葉が逃げられないように囲い込んだ――と言えば、満足かな？」

「まあああああ！」

「陸さん⁉」

桜井の黄色い声と琴葉の焦る声が被る。ふんすふんすと鼻息荒くなった桜井は、ずずいっとさらに前のめりになった。

「では、専務の方からアプローチされたということですか⁉」

にやりと笑う陸の顔が、どこか腹黒く見えて仕方がない。

「真面目で可愛らしい琴葉に惹かれる男性も多かったが、大人しい彼女になかなか声を掛けられなかったようでね。先に私が付き合って欲しいと告白したのですよ」

「まああああ！　琴葉さん、専務からの熱烈な告白を受けてどうでしたか⁉　何てお返事されたんですか⁉」

ぎらりと光る桜井の目が琴葉を捉える。彼女から感じる圧力がすごい。愛想笑いをする口元もひくっと引き攣った。

「あっ、あの……私でいいのか、と思うこともありましたが、その」

陸を見上げると、彼は眉を下げ、少し心配そうな顔付きをしている。その表情を目にした途端、彼の声が聞こえる気がした。

『愛してる、琴葉』

……甘い囁きと共に、肌に熱い舌の感触が蘇る。身体の奥に籠る熱は、陸が与えてくれたものだ。身体の強張りがゆるりと解けた。

（陸さんが、選んでくれたから）

琴葉は真っ直ぐな視線を桜井に向けた。

「……専務……陸さんの隣に立ちたくて。私では釣り合わない、と思ったこともありましたが、私がいいと言ってくださったので」

「琴葉」

陸が目を見開き、固まった。

（！　私っ、今なんて言ったの!?）

琴葉がぱっと両手で口を押さえたのと、「まああああああ！」と再び桜井が悲鳴（？）を上げたのは、ほぼ同時だった。

「いいっ、いいですね！　専務といい、琴葉さんといい、相思相愛、ラブラブ、あああ、言葉が足りないわ、なんと表現すればいいのかしらっ！」

「さ、桜井さん!?」

きゃーと言いながら、タッチペンを走らせる桜井は、何かが憑依したかのように、目がギラギラと輝いている。そんな桜井を前に、陸がふっと笑う。

「そうそう、今琴葉が掛けている眼鏡が、最初に彼女を意識したきっかけを作ってくれたのです」

桜井が目を丸くする。

「え！　そうなんですか⁉　琴葉さん、見せていただいてもよろしいですか？」

「は、はい。どうぞ」

眼鏡を外して桜井に渡すと、彼女は慎重な手つきで様々な角度から眼鏡を確認した。

「珍しいですね、木製のフレームとは。それにかなり年代物のような印象を受けますが」

再び桜井から眼鏡を受け取った琴葉は、丸いフレームを撫でながら頷（うなず）く。

「ええ、私の祖母が使っていたものです。古い物ですが、温かみがあって好きなんです。レンズを換えて使っていたのですが、ねじ留め部分が緩くなってしまって。最近はリビングに飾っているのです」

可愛らしかった小柄な祖母を思い出し、ふふっと笑みが漏（も）れた。縁側で並んで座り、庭の桜の木を眺めていた祖父と祖母の二人は、穏やかで優しい表情をしていた。

（あんな二人になれたらいいなと思っていたわね……）

「古い物を大切に使う。そこが素敵だと思ったのが最初でした」

「それは素敵なエピソードですね！　是非書かせていただきたいです」

琴葉が眼鏡を掛け直す間にも、陸と桜井の話は進んでいる。寡黙（かもく）な陸にしては珍しく私生活について色々話しており、琴葉は話を振られた時にコメントするだけで済んだ。

（桜井さんも上機嫌だし、きっといい記事になるわよね）

「最後に、もう一度！　お二人の写真をお願いします」

陸に肩を抱かれた琴葉は、恥ずかしさを感じながらも、最初の撮影よりは自然な笑みを浮かべることができた。


ありがとうございました、とホクホク顔の桜井が立ち去った後、琴葉は陸を見上げて言った。

「社内誌楽しみですね」

「そうだな」

眼鏡の奥の陸の瞳がキラリ、と光った——気がする。

「陸さん？」

琴葉が首を傾げると、陸は「何でもない。疲れただろう、少し休憩しないか」と笑った。

「そうですね。今度はコーヒーを淹れましょうか？」

「ああ、頼む。片付けは俺がしておく」

陸が使用済みのティーカップを洗い場に運んでくれている間に、琴葉は陸が最近気に入っている銘柄のコーヒーを淹れ始めた。こぽこぽ鳴る小さな音を聞きながら、琴葉は立ち上る薫りをゆっくりと吸い込んだのだった。

「専務、桜井さんから明日確認に伺うとメールが来ています」

取材から二週間後、琴葉のメールアドレスに桜井から連絡メールが届いた。Webに公開する前に、内容を確認して欲しいという内容で、陸に都合を聞いたところ、社内誌の公開日は決まっているため、琴葉が不在でも陸が対応できる日も候補に入れるように、と指示された。いくつか琴葉が上げた候補日の中で、どうやら桜井の都合は明日が良かったようだ。自席に座った陸が顔を上げ、自分の前に立つ琴葉に頷いた。

「分かった。俺が見ておくから、琴葉は予定通り、お義父さんのところに行ってくれ」

「はい、よろしくお願いします」

明日は、父の捺印が必要な書類を届けることになっている。父に書類を渡す役目を琴葉が担っているのは、父や祖父に会う機会を陸が増やしてくれているのだろう。元気になったとはいえ、身体が丈夫ではない父も、彼の心遣いをありがたく感じているはずだ。

「父も祖父も、社内誌楽しみにしていると言っていました。事前に確認できないのは残念ですが、桜井さんならきっと素敵な記事にしてくださると思います」

「そうだろうな。彼女の仕事には、俺も満足できると思う」

(……?)

陸の口元に浮かんだ笑みに、若干の違和感を感じた琴葉だったが、「琴葉。昨日の会議の議事録はもう届いているか？」と陸に聞かれて仕事モードに切り替えてしまい、些細な違和感のことは、すぐに忘れてしまったのだった。

＊＊＊

「琴葉さん、社内誌見たわよ。専務からあんなに溺愛されてたなんて、知らなかったわ〜。琴葉さんも綺麗に写ってたし、良かったわね！」

「は、はい。ありがとうございます……」

会計部に経費関連の書類を提出しに行った琴葉は、そこでも呼び止められる羽目になった。何とか受け答えするものの、内心は冷や汗だらだらものだ。

（やっぱり事前確認させてもらえば良かった……！）

琴葉は社内誌がＷｅｂで公開されてからの一週間、ずっと身の置きどころのない思いをしていた。

『りりり、陸さんっ！　これって！』

楽しみにしていたＷｅｂ公開日。広報部のホームページを開いた琴葉は、思わず陸に叫んでいた。

『ああ琴葉の写真、綺麗に撮れているだろう？　俺が是非載せてくれと言ったんだ』

『で、でも』

社内では『専務』呼びをしているのに、それすらできないぐらい、琴葉は衝撃を受けていた。

『新鋭専務は妻琴葉さんを溺愛……二人の馴れ初めは会社の飲み会で』

そんな見出しを見た琴葉は、一瞬呼吸を忘れたが、読み進めるにつれて、どんどん頬が熱くなっていった。

――元々琴葉さんに好意を持っていた専務は、上司部下の関係だからと恋慕の情を隠していた。ある日別の課との合同飲み会で、酒に酔った琴葉さんを介抱することになった時には、すでに気持ちが抑えられなくなっていた。琴葉さんに交際を申し込み、すぐにでも結婚をと思ったが、当時実家が経営する会社の羽振りが悪かった彼女は、なかなか専務のアプローチに頷かない。それでも諦められなかった専務は、琴葉さんに猛烈アタック、ついに彼女からOKを勝ち取った。

『琴葉と結婚できて世界一幸せです』とのろけ話も聞かされた――……？

一緒に公開されている三枚の写真も、陸が指を組み、一人でインタビューに答えているもの、陸が琴葉の肩を抱き寄せているもの、そして琴葉が祖母の眼鏡を見ながら微笑んでいるものだった。

仕事の話をしている陸は、鋭さを残したまま営業用の笑顔を見せていたが、琴葉と二人の写真では、誰がどう見ても甘い笑みを浮かべているように見える。

琴葉の写真もやや俯き加減だが、眼鏡を掛けていない素のままの表情が写されていて、何とも恥ずかしい思いに、じたばたしてしまいそうになった。

(この写真、動画から切り取ったって言ってたわよね、桜井さん……)

タブレットで写真を撮るだけでなく、机の上に置いたスマホで動画撮影しており、そこから加工したらしい。

(確かにぶれてないし、綺麗に撮れているし、いいのだけれどどっ……!)

どこの部署に行っても、訳知り顔でにまにまされる身にもなって欲しい。専務である陸に話し掛けてくるのは、ほぼ上位マネジメント層のみだが、秘書の琴葉には誰でも彼でも話し掛けてくるのだ。

「身を引こうとした琴葉さんを追いかけてプロポーズだなんて、本当素敵よね。専務ってとっつきにくいイメージだったけれど、情熱的な男性だったのね～私も後二十歳若ければアタックしたかも」

「そ、ソウデスカ」

来年定年だという経理部の女ボス（？）にそう言われ、琴葉の口元は引き攣った。そそくさと専務室に戻った琴葉は、しれっとした顔で仕事をする陸を恨めし気に睨み付ける。

「……専務。専務の評判はうなぎ登りですよ。何人もの女性社員に呼び止められました」

やや不機嫌な声になってしまったのは、仕方がない。陸はパソコンのキーボードを打つ手を止め、傍に立つ琴葉を上目遣いに見た。

「俺の耳にも色々入ってきている。琴葉が綺麗だとか可愛いとか。専務はお似合いの女性と結婚できて幸せ者ですね、とさっきの会議前に言われたぞ」

「～～～！」

熱い頬に右手を当て、ううぅと唸る琴葉を前に、陸はからからと笑う。

「琴葉の周囲をうろつく男どもを増やすのは不本意だったが、これで不釣り合いだなどと言う輩も減るだろう」

（陸さん？）

ぼそりと呟いた低い声は、あまり聞き取れなかった。一瞬目を閉じた陸はすっと立ち上がり、琴葉の腰に右手を回す。

「早めに、一緒にランチに行こう」

「りり、陸さん⁉」

そのままドアの外に連れ出されそうになった琴葉は、焦って彼から離れようとした――が、陸の腕の力の方が強かった。

「もう社内中に『俺が琴葉を溺愛している』と知られたからな。これくらいはサービスだ」

「！」

（あああ、もう～！）

恥ずかしさの中に、嬉しさも混ざっていて。何も言えなくなった琴葉は、大人しく陸のエスコート（？）に身を任せ――それを感じた陸は、桜井とのやり取りを思い出しながら、満面の笑みを浮かべたのだった。

＊＊＊

「……いい出来だ」

「ええ、私もそう思います」

桜井が見せたＷｅｂ社内誌の試し刷りを見た陸は、満足気に頷く。陸の真正面に座った桜井は、きょろきょろと辺りを見回し、「琴葉さんはいらっしゃらないんですね？」

と聞いてきた。

「生憎外せない用事があったんだ。彼女も残念がっていたが」

そう陸が告げると、桜井の唇が三日月型になった。

「……わざとらしい。琴葉さんがいない日を選んでくれと、連絡してきたのはそちらでしょう、氷川君」

「こちらの要望に応えてくれて、満足している」

にまりと笑う陸を見た桜井は、はああと溜息をつく。

「琴葉さんがこれ見たら、反対すると分かってるんでしょ？」

「琴葉は恥ずかしがり屋だ。こうするのが、うっとうしい連中を黙らせるのに効果的だと分かっていても、踏み切れないだろうからな」

「あなたって、大学の頃から腹黒かったわよねえ。まあ、冷静沈着無感動男なんて言われていた氷川君が、ここまで奥さんにゾッコンだなんて、未だに信じられない」

——広報部の取材申し込みの際に、桜井京子が大学の同期生のよしみで、と頼んできたことを逆手に取った陸は、取材を受ける代わりに彼女の協力を申し入れた。取材命の桜井が断るわけもなく、琴葉の知らないところで、極秘プロジェクトは着々と進んでいた。

「琴葉は優しくて純粋な女性だ。辛い思いをした分、これ以上煩わしい思いはさせたくない」

桜井は肩を竦め、首を横に振る。

「はいはい、ご馳走様でした。こちらとしても文句はないわ。あなたと同期だってことも、聞かれない限りは黙っておくしね。……個人的に親しい関係だと思われたくないから、同期だと言わないで欲しい、ねえ。氷川君がそんなことまで気にするとは思わなかったわ」

口端が僅かに上がっているが、陸の視線はあくまで冷静だ。

「そこまで気にする相手がいなかったからな」

桜井がまた溜息を漏らす。

「まあ、冷静な専務が妻には甘いってフレーズ通りってことで。……では、この内容で進めさせていただきますね、専務。ご確認ありがとうございました」

「よろしく頼む」

桜井が専務室を立ち去った後も、陸の口元はまだ笑ったままだった。

(これで琴葉が俺に相応しくないなどと言う奴らも牽制できる)

琴葉の実家の事業が思わしくない時は『没落した家の娘など合わない』と言い、氷川関連事業で業績が戻れば戻ったで『あんな地味な女は相応しくない』と言う。うるさい外野は出来る限り叩き潰してきたが、それでも自分の知らないところで琴葉に難癖を付ける女性社員がいるらしい。

琴葉はそんなことがあっても、陸には言わない。もしかして、琴葉も心のどこかでそう思っているのではないか、いつかまた身を引くなどと言い出すのではないか――そんな焦りが陸の心を締め付けていた。

(だが、もう)

ここまで大っぴらに陸の方が琴葉を溺愛していること、そして眼鏡を外した琴葉は、しとやかで美しい女性であることを宣伝したのだから、当分は周囲も大人しくしているだろう。

(琴葉は俺の想いの深さを分かっていないだろうな)

愛していると伝えても、不安が消えない。だから琴葉の知らないところで、逃げられないように囲ってしまう。もっとも……

(本当の馴れ初めを他人に明かす気はないが)

酒に酔い、頬を火照らせたまま眠ってしまった琴葉。堪らなく愛らしくて、自分のモノだとシルシを付けたくて。彼女の罪悪感すら利用して琴葉を堕とした自分は、一番罪深いのかもしれない。

「琴葉、愛してる」

一階のホールで彼女の左耳にそう囁（ささや）くと、頬を真っ赤に染め瞳を潤（うる）ませた琴葉は、

「……家に戻ってからにしてください」と小声で呟（つぶや）いた。やはり周囲の目が気になるのだろう。

そんな琴葉を、自分しか見えないようにしてしまいたいと思いながらも、陸は「分かった」と笑みを深めたのだった。

事故に遭った双子の兄の身代わりとして、アパレル会社の専務を務めることになった真琴（まこと）。変装は完璧！　と思ったものの、取引先の社長兼デザイナー・桐谷（きりや）に、あっという間に正体を見抜かれてしまう！　デザインのモデルになることを条件に口止めができたと思ったけれど、二人きりになる度、なぜか彼に甘いイタズラを仕掛けられ…!?

B6判　定価：704円（10%税込）　ISBN 978-4-434-26637-9

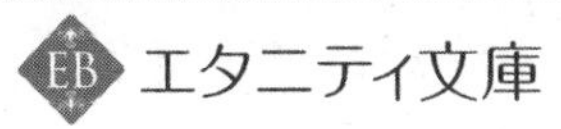

野獣の一途な愛に溺れそう

エタニティ文庫・赤

姫君は王子のフリをする

あかし瑞穂　　装丁イラスト／志島とひろ

文庫本／定価：704円（10% 税込）

事故で大怪我を負った双子の兄の身代わりで、家業であるアパレル会社の専務を務めることになった真琴。兄に瓜二つな顔と女性にしては高い身長で、完璧な男装だったはずが、なぜか取引先のイケメン社長に正体を見抜かれた！　二人きりになる度に甘いイタズラに翻弄されて⁉

※エタニティブックスは大人の女性のための恋愛小説レーベルです。ロゴマークの色で性描写の有無を判断することができます（赤・一定以上の性描写あり、ロゼ・性描写あり、白・性描写なし）。

詳しくは公式サイトにてご確認ください。
https://eternity.alphapolis.co.jp

携帯サイトはこちらから！

突然、記憶喪失になってしまった未香。そんな彼女の前に現れたのは、セレブでイケメンな自称・婚約者の涼也だった！　行くあてのない未香は彼の別荘で療養…のはずが、彼は淫らないたずらで未香を翻弄。迫ってくる涼也に戸惑いながらも、ついドキドキしてしまう。そして彼とスキンシップを重ねるごとに断片的な記憶が頭の中に現れて……

B6判　定価：704円（10％税込）ISBN 978-4-434-26485-6

龍華哲
あかし瑞穂
何も、覚えていませんが
思い出せないけど
カラダは正直
エタニティCOMIC
記憶喪失の私の前にイケメン婚約者、現る!?

恋のきっかけは記憶喪失!?

エタニティ文庫・赤

何も、覚えていませんが

あかし瑞穂　装丁イラスト／アキハル。

文庫本／定価：704円（10%税込）

突然、記憶喪失になった未香の前に、セレブでイケメンの自称“婚約者”涼也が現れた！　行く宛てのない未香は彼の別荘で療養する……はずが、彼は淫らな悪戯ばかり仕掛けてくる。戸惑いながらも、次第に惹かれていく未香。けれど、彼にはどうやら隠し事があるようで……

※エタニティブックスは大人の女性のための恋愛小説レーベルです。ロゴマークの色で性描写の有無を判断することができます（赤・一定以上の性描写あり、ロゼ・性描写あり、白・性描写なし）。

詳しくは公式サイトにてご確認ください。
https://eternity.alphapolis.co.jp

携帯サイトはこちらから！

〜大人のための恋愛小説〜　EB エタニティ文庫

Ayaka & Tsukasa

ETERNITY Rouge　赤

秘書 vs. 御曹司、恋の攻防戦!?

野獣な御曹司の束縛デイズ

あかし瑞穂　　装丁イラスト／蜜味

密かに想っていた社長が結婚し、傷心の秘書・綾香。酔いに任せて初対面のイケメン・司と一夜を過ごそうとしたが、あることで彼を怒らせて未遂に終わる。ところが後日、新婚休暇中の社長の代理としてやってきたのは、なんと司!? 戸惑う綾香に、彼はぐいぐい迫ってきて……

定価：704円（10%税込）

Sachiko & Takashi

ETERNITY Rouge　赤

この執着愛からは脱出不可能!?

私、不運なんです!?

あかし瑞穂　　装丁イラスト／なるせいさ

「社内一不運な女」と呼ばれているＯＬの幸子。そんな彼女が、「社内一強運な男」として有名な副社長の専属秘書に抜擢されてしまった！　鉄仮面な副社長は、幸子が最も苦手とする人物。おまけになぜか彼の恋人役までする羽目になってしまい……!?

定価：704円（10%税込）

※エタニティブックスは大人の女性のための恋愛小説レーベルです。ロゴマークの色で性描写の有無を判断することができます（赤・一定以上の性描写あり、ロゼ・性描写あり、白・性描写なし）。

詳しくは公式サイトにてご確認下さい

https://eternity.alphapolis.co.jp

携帯サイトはこちらから！

〜大人のための恋愛小説レーベル〜

エタニティブックス
ETERNITY

エタニティブックス・赤

蜜愛は恋の特効薬♥
課長はヒミツの御曹司

あかし瑞穂

装丁イラスト／藤谷一帆

四六判　定価：1320円（10%税込）

婚約者の浮気を見てしまった桜。周囲に頼るこれまでの生き方を反省した彼女は、結婚を保留にして就職したが、多くの人たちはつらくあたってくる。会社で表立って彼女の自立を応援してくれるのは、「備品在庫課」の課長・八神くらい。彼の優しさに応えて奮闘するうちに、桜の気持ちは変化していって……⁉

※エタニティブックスは大人の女性のための恋愛小説レーベルです。ロゴマークの色で性描写の有無を判断することができます（赤・一定以上の性描写あり、ロゼ・性描写あり、白・性描写なし）。

詳しくは公式サイトにてご確認ください。
https://eternity.alphapolis.co.jp

携帯サイトはこちらから！

本書は、2018年9月当社より単行本として刊行されたものに、書き下ろしを加えて文庫化したものです。


この作品に対する皆様のご意見・ご感想をお待ちしております。

おハガキ・お手紙は以下の宛先にお送りください。

【宛先】

〒150-6008 東京都渋谷区恵比寿4-20-3 恵比寿ｶﾞｰﾃﾞﾝﾌﾟﾚｲｽﾀﾜｰ8F
（株）アルファポリス　書籍感想係

メールフォームでのご意見・ご感想は右のＱＲコードから、
あるいは以下のワードで検索をかけてください。

ご感想はこちらから

エタニティ文庫

ハジメテは間違（まちが）いから

あかし瑞穂（みずほ）

2022年4月15日初版発行

文庫編集－熊澤菜々子
編集長－倉持真理
発行者－梶本雄介
発行所－株式会社アルファポリス
〒150-6008 東京都渋谷区恵比寿4-20-3 恵比寿ｶﾞｰﾃﾞﾝﾌﾟﾚｲｽﾀﾜｰ8F
TEL 03-6277-1601（営業）　03-6277-1602（編集）
URL https://www.alphapolis.co.jp/
発売元－株式会社星雲社（共同出版社・流通責任出版社）
〒112-0005 東京都文京区水道1-3-30
TEL 03-3868-3275
装丁イラスト－Meij
装丁デザイン－ansyyqdesign
印刷－中央精版印刷株式会社

価格はカバーに表示されてあります。
落丁乱丁の場合はアルファポリスまでご連絡ください。
送料は小社負担でお取り替えします。
©Mizuho Akashi 2022.Printed in Japan
ISBN978-4-434-30202-2 C0193